# 한국 희곡 명작선 131

반민특위(反民特委)

한국 희곡 명작선 131

# 반민특위(反民特委) · 10장

노경식

평민사

# 노경식

**노경식**
10월 6일 오후 11:43 · Facebook for Android · 🌐 ···

나의 自畵像

80평생 쌓은 塔이
광대놀음 글일레라

세상사 둘러보고
역사를 찾아보고

묻노라 太平煙月은
어디쯤에 있는가.

2017년 丁酉 10월 3일 開天節 --

# 연극동지들 빛나라!!

'반민특위'는 '반민족행위특별조사위원회'의 약칭이다. 일제 강점기의 40여 년 동안에, 일본에 협력하며 반민족적 행위로 同族에게 해악을 끼친 매국노와 친일부역자를 처벌하기 위한 특별기구를 말한다. 1949년 1월에 반민행위자 제1호 朴興植(화신백화점 사장)을 체포함으로써 대망의 민족사적 활동을 시작한 반민특위는 불과 6개월 만에 여러 가지 방해공작에 직면하게 되고, 급기야 반민특위 해체의 비운을 맞이하여 千秋의 恨으로 남는다. 제2차세계대전 때의 프랑스 드골 장군과 유럽의 여러 나라들처럼 민족부역자 처단과 민족정기를 바로세우는 역사적 과업을 왜 우리들은 철저하게 완성할 수가 없었을까? 요즘에 와서 새삼스레 '적폐청산'이니 '일제잔재 청산'이라는 말을 들을 때마다 萬感이 교차한다.

나는 이 작품을 기록극 형식으로 구성하고 다듬었다. 첫 집필은 지난 2005년도의 일이니 어느새 12년의 시간이 물 흐르듯이 훌쩍 지나갔다. 때에 문화예술위의 '신작지원사업'에 선정되고, 劇團美學 공연(정일성 연출)으로 대학로의 무대에 올랐었다. 그런데 그 신작공연은 소정의 성과를 거두지 못하였다. 어떤 좋지 않은 사정 때문에, 작가인 나 자신도 그 공연을 감상할 기회를 사양하고 말았다. 원작자로서 자기의 분신이라고도 할 수 있는 그 첫 연극작품을 스스로 외면하는 일이란 생전에 처음 당면하는 화나고 불쾌한 사건이었다. 이래저래 아쉽고 섭섭한 기억으로 남아 있었으며, 「반민특위」를 다시 한번 재공연할 수 있는 기회가 없을까 마음먹고 지내왔다. 생시에 먹은 마음 꿈에 나타난다고, 요번에 감사덕지 그 좋은 기회를 얻게 되었다. 그러니까 작가 본인으로서는 '초연작품'이 된 셈이라고 하겠다.

끝으로, 이번 작품제작에 온갖 노력과 정성을 기울인 연극동지들에게 심심한 고마움을 표하고, 빛나는 성과를 기대한다. 한국연극협회 정대경 이사장을 비롯하여 연출자 김성노, 이우천과 원로배우 권병길과 정상철, 이인철, 김종구, 유정기 등 출연자 및 스텝진 모두에게 거듭 감사한다.

# 늘푸른 아름다움과 싱싱함으로

김성노(동양대학 교수)

어느 누구나 한 가지 일을 60년 가까이 한다는 일은 쉬운 것이 아니다.

보통 직장 일이 25살에 시작해서 60살에 끝난다 해도 35년 밖에는 되지 않는다. 이러한 면에서는 예술, 특히 우리 같이 연극을 하는 사람들은 어떻게 보면 축복 받은 사람들이라고 할 수 있다. 물론 여러 가지 생활환경 면에선 문제도 있지만.

그렇다고 모든 연극인이 지속적인 작업으로 금전적인 면은 아니더라도 자기만족의 행복을 느끼는 것은 아니라고 생각한다. 이러한 면에서 금년 '늘푸른연극제'에 초청된 오현경, 노경식, 이호재, 김도훈 선생님, 네 분은 그래도 다른 연극인보다는 많은 분들의 사랑과 축복 속에 연극인생을 보낸 어른들이라고 감히 생각한다.

노곡 노경식 선생님은 1965년 서울신문 신춘문예 희곡당선작 「철새」로 문단에 데뷔한 이래 지금껏 연극의 가장 기본이 되는 희곡, 즉 연극대본을 집필한 우리 연극계의 산 증인이시다. 대표작 「달집」을 비롯하여 「서울 가는 길」, 「포은 정몽주」, 「찬란한 슬픔」,

「천년의 바람」, 「두 영웅」 등 우리 민족의 희로애락을 선생님의 개성있는 필력으로 펼치셨고, 어느 정도의 연륜이 있는 연극인이라면 선생님의 작품을 한번쯤은 접해 봤다고 생각한다.

내가 처음 연극에 입문했을 때 배운 연극은 '눈으로 보는 연극이 아니라 귀로 보는 연극' 이었다. 최근의 많은 연극들이 시각적인 면과 자극적인 면에 많이 치우치고 있다고 생각한다. 이런 면에서 선생님의 작품은 그야말로 눈으로 보는 연극이 아닌 귀로 보고 마음속으로 생각하게 만드는 연극이라고 믿는다.

이제 세 분 선생님과 노곡 선생님의 '늘푸른연극제' 공연에 선생님을 존경하는 많은 선배, 동료, 후배들과 함께 참여하여 연극무대를 꾸민다. 이 영광스러운 공연에 연출자로서 참여하게 됨을 감사드리며, 기쁜 마음으로 흔연히 참가하고 있는 모든 연극동지에게 개인적인 고마움을 전한다.

작년과 금년, 많은 원로 연극인께서 우리 곁을 떠나셨다. 작은 바램은 노곡 선생님을 비롯한 금년 '늘푸른연극제'에 참가하는 네 분 선생님께서 오래오래 우리들 곁에 계시면서 좋은 작품으로 후학(後學)에게 자양분을 주시고, 날카로운 질책으로 우리나라 연극계를 인도해 주기를 바라마지 않는다.

# 차 례

# 반민특위

## (反民特委)

·

## 10장

■ 스텝 : 무대감독 송훈상/ 조연출 김성은/ 기획 임솔지/ 무대 김인준/ 조명 김재억/ 음악 서상완/ 의상 김정향/ 분장 박팔영/ 영상 황정남/ 소품 조운빈/ 진행 정창훈

■ 출연 : 권병길(이종형, 재판장) 정상철(최린, 김태석) 이인철(이승만) 김종구(김상덕) 유정기(시민 3) 최승일(시민 2) 배상돈(시민 1) 문경민(최운하) 장연익(박기자) 민경록(홍택희) 이승훈(정기자) 노석채(백민태) 장지수(아내) 이영수(이 조사관) 이창수(이광수, 검찰관) 양대국(이기용, 김태선) 임상현(윤기병) 김대회(변호인) 김춘식(검찰관) 김민진(노덕술) 이준(특경대장)/ 군중 역(정진명 최원석 정나라 윤지영 김민정 이재은 박지원 정애란)

## 등장인물

이승만(대통령)
김상덕(50대, 반민특위 위원장)
정(鄭) 기자
아내
이(李元鎔) 조사관
박(朴) 기자 외 사진기자 등
노덕술(50세, 전 수도경찰청 수사과장)
최운하(40대, 서울시경 사찰과장)
홍택희(40대, 서울시경 수사과 차석)
백민태(30대 초반, 테러리스트)
특경대장(吳世倫)
김태선(시경국장)
윤기병(중부서장)
이기용 이광수(58) 이종형(55)
김태석(67) 노진설 곽상훈 오승은
시민들(노인) 1, 2, 3
기타, 특경대원 경찰관 시위군중 등 코러스 다수

## 때와 곳

서울, 1949년 여름
중구 남대문로의 '반민특위 본부'(현재 국민은행 본점) 및 시내 여러
　곳

## 무대

'반민특위' 사무실을 중심으로 하고, 정 기자 집과 중부경찰서 등등.
연극의 전개상황에 따라서 적절하게 변모한다.

# 1장

1. 영상 : 일본제국의 '욱일승천기' 또는 일본을 상징하는 영상이 뜨고, 코러스는 머리에 일장기 머리띠를 두르고 '황국신민서사'(皇國臣民誓詞)를 복창한다.

'황국신민의 서사' (일본말)
1. 우리는 황국신민(皇國臣民)이다. 충성으로서 군국(君國)에 보답하련다.
2. 우리 황국신민은 신애협력(信愛協力)하여 단결을 굳게 하련다.
3. 우리 황국신민은 인고단련(忍苦鍛鍊)하여 힘을 길러 황도(皇道)를 선양하련다.

**군중**  고오꼬꾸 신민노 세이시, 와따시도모와 다이닛본 테이꼬꾸노 신민데 아리마스
와따시도모와 고꼬로오 아와세떼 텐노오헤이카니 츄우기오 츠끄시마스
와따시도모와 닝끄 단렌시떼 릿빠나 츠요이 고끄민또 나리마스

2. 영상 : 히로시마(廣島)의 원자폭탄 투하 '버섯구름'과 함께 일본천황의 「무조건 항복」 라디오 방송. 이어서 머리띠를 벗어 던지고 태극기를 흔들며 "대한독립 만세" 함성~~

3. 대형 태극기 영상 속에, '8.15 解放과 光復'의 감격을 알리는 필름 및 대한독립 만세의 "만세, 만세, 만만세!" 함성이 천지를 진동한다.

유행가 〈귀국선〉의 경쾌한 선율이 울려 퍼지고, 무대 중앙에 대통령 이승만 박사 등장.

**이승만**　과거의 지난 세월 40년 동안에, 바다 건너 일본제국주의의 압제와 질곡 속에서 민족과 나라를 배반하고 팔아먹은 친일파 행위자와 민족반역자들은, 누구든지 상하귀천을 막론하고 그 잘잘못을 물어서, 기필코 확실하게 단죄해야만 합네다. 그것이야말로 오늘날 새 나라의 민족정기를 바로세우고, 반만년의 찬란한 역사와 올바른 정신문화의 얼을 길이길이, 자손만대에 빛나게 물려주는 길일 것입네다. (암전)

4.「반민특위」본부 건물이나 현판이 영상으로 나가고, 특경대장에게 조명 비친다.

**특경대장**　반민특위 특경대의 '우리의 선서'
**대원들**　하나. 우리는 일제하 반민족행위자를 색출하여 의법 처리한다.
　　　　하나. 우리는 민족정기를 바로잡아, 나라의 기반을 다지는 역군이 되자.

하나. 우리는 본분을 다하여 신생 대한민국의 밑거름이
되자.

5. 반민특위에 체포되어 포승줄에 묶인 채 공판정으로 이송중인
반민피의자들의 옛 사진.
그 중에서 최린(72세)의 초췌한 모습. (포승줄에 묶인 김연수와 최
린의 영상)

**최 린**  (떨리는 목소리) 요, 늙은이를 죽여주시오!⋯ 나는 죽을죄를
지은 사람, 지금 와서 말씀한들 뭘 하겠습니까. 조국과 민
족을 배반하는 죄업을 지었으니, 죽음의 벌을 받아서 지
당합니다. 나 최린(崔麟)은, 한때 3.1만세사건 시에는 민족
대표 33인 중의 한 사람이었으나, 일제에 빌붙어서 변절
한 민족반역자이자 친일파 매국노올시다. 하루라도 속히
백의민족의 이름으로 최린이 나를 죽여요. 나 같은 친일
파 죄인은 당장에 죽어도 여한이 없음이야! 한평생 나의
일생 중에서 항일 독립운동은 한순간으로 짧았으나, 친
일매국의 길은 수십 년간 기나긴 세월이었습니다. 온 민
족 앞에 죄 지은 나를, 저- 광화문 네거리에서 찢어죽여
요. 저잣거리에서, 만좌중에 사지를 발기발기 찢어죽이시
오!⋯. (암전)

6. 일제 강점기에 부귀와 작위를 누린 여러 친일파의 영상들.

고종황제의 조카 이기용(李琦鎔)의 사진과 함께 이기용과 정 기자
가 등장한다.

**이기용**　여기가 '도꼬데스까'(어딥니까)?

**정기자**　(다가가서) 예, 반민특위가 활동하고 있는 본부 사무실입니
다. 일제 강점기 때는 화려한 은행 건물이었지요. 으리으
리하게.

**이기용**　오- '무까시가 나즈까시이나!'

**정기자**　허허, '무까시가 나즈까시이나'라니? '무까시'는 '옛날 옛
적'이라는 왜놈의 일본어 말이고. 그러니까 '옛날에 그 시
절이 그립구나!' 하고, 그때를 추억하고 있습니까?

**이기용**　'혼또니 나즈까시이나!' 허허, 그렇소이다. 진실로 그때가
호시절이었지요.

**정기자**　점입가경이군요! 이기용 선생? 귀하로 말씀하면 고종황제
의 조카뻘 되는 왕족이십니다. 그러고 일본 천황의 자작
(子爵) 칭호를 수여받고 귀족원 의원까지 지낸 인물입니다.
한일합방 그 당시나, 혹은 그 이후로 지금까지, 본인 자신
이 조선민족을 배반하고 나라를 팔았다는 생각을 한 순간
이라도 가져본 적 있으십니까?

**이기용**　'스미마셍!' 그와 같은 생각일랑 추호도 못해 봤습니다.

**정기자**　그 당시 일황(日皇)으로부터 하사받은 은사금(恩賜金)이 일
금 3만 원이나 됐습니다. 아니 그렇습니까, 이 선생?

**이기용**　그 당시에 본인은, 다만 스물두세 살의 미거한 청년이었

으니까. 그때로 말하면, 일당 이완용(一堂 李完用, 1858~1926) 백작님은 3천만 엔(원), 노다(野田) 대감 송병준(宋秉畯, 1858~1925) 자작님이 1억 엔 등등, 그 양반들에 비교하자면 아무 것도 아닌, 나야말로 조족지혈이지요. 젊은 기자 선생, 3만 엔 가지고, 그까짓 액수가 무슨 대수겠습니까? 하하.

**정기자** 예에, 그렇군요. 그건 그렇다 치고, 조국이 광복한 지 올해로 4년입니다. 그리하여 새 나라, 새 민국 정부를 수립한 지도 벌써 2년째. 그런데 이 선생 댁 응접실에는 상기도 현재, 오늘날까지 천황 히로히또[裕仁]의 초상화가 모셔져 있고, 뿐만 아니라 30개가 넘는 금빛 훈장들이 화려하게 벽면을 장식하고 있다고 하니까, 그 같은 소문들이 역시 진실인가요?

**이기용** '무까시, 무까시가 혼또니 나즈까시이나!'

**정기자** 네?

**이기용** 하하하. 그 옛날, 그 아름다운 시절이 그립구료! (암전)

**정기자** (씹어뱉듯이) 저런 쓸개 빠진 작자들! 저런 놈의 인간 군상(群像)이 우리나라 한국 사회의 지도층이라니, 원. 아― 실례! 미안합니다. 왜 제가 이렇듯이 흥분하지요? 나의 신분은 한낱 신문쟁이 기자에 지나지 않는데 말씀입니다. 허허.


7. 이광수의 여러 가지 영상이 보이고, 다른 한쪽에 일본의 '하오리'(옷)를 입고 깎은 머리털과 검은 테 안경의 춘원 이광수(春園

李光洙) 모습. 정 기자, 그 라이트 쪽으로 다가간다.

**정기자**   가야마 미쓰로(香山光郎) 선생님? 아, 실례! 우리말로 춘
원 이광수 선생이라면 온천하가 우러러보는 대문장가이
자 소설가입니다. 선생은 일찍이 그 유명한 「민족개조론」
을 집필하고, 내선일체(內鮮一體)와 동조동근(同祖同根), 일
본과 조선은 한 몸뚱이로서 똑같은 할애비의 자손이다 하
고 외치셨습니다. 따라서 조선인의 생활풍습과 모든 사상
과 의식의 일본화, 그러니까 일본 천황의 충성스런 '황국
신민'(皇國臣民)으로 다시금 태어나야만 조선민족의 살길이
하루 속히 열린다고 주창해 왔었습니다. 우리 반도조선의
장차에 나아갈 길은, '조선인은 조선 사람인 것을 한시 빨
리 잊어야 하고, 그 피와 살과 뼈가 곧 일본 사람이 되어야
만 한다. 이런 속에서 우리는, 진정으로 조선인의 영생의
길이 있다' 그러고 또한 이런 말씀도 하셨죠? "자, 보아라!
조선놈의 이마빡을 바늘로 꾹꾹- 찔러봐서 일본사람의
핏방울이 새나올만큼, 일본인 정신을 철저히 배우고 길러
내야 한다…."

**이광수**   그때에 나는 조선민족이 일대 위기에 놓여 있음을 터득하
고, 일부 인사만이라도 일본 천황에게 협력하는 것이 목
전에 닥친 민족 위기를 극복하는 길이라고 통감했었습니
다. 기왕지사 나는 버린 몸이니까 내 한 몸뚱이 희생해서
조선을 구하겠다는 생각으로 그리된 것이지요. 이광수 나

아니면, 누가 있어서 그리 하겠습니까?

**정기자**  잠깐만요 선생님. 우리나라를 구하고 위한다 함은 조선의 새파란 젊은이와 청년 학도들이 태평양 남양군도와 저 멀리 중국 땅에 끌려가서 총알받이가 되고, 그래서는 이역만리 낯선 전쟁터에서 개죽음을 당하는 것 말인가요?

**이광수**  (한숨) 나 춘원은 대일본제국이 대동아전쟁에서, 요렇게까지 조속하게 패망할 줄은 꿈에도 짐작 못했어요! 으흠….

**정기자**  지금 그와 같은 언급은, 일본 제국주의의 패전이야말로 대단히 실망스럽고 통분하다는 뜻으로 이해해도 되겠습니까?

**이광수**  …. (고개를 떨군다)

**정기자**  일제의 징병제도가 우리 조선인에게 시행되자, 친일파 민족반역자들은 쌍수를 들고 입을 모아 환영했습니다. (외치듯이) "오호라, 2천5백 조선동포의 일대 감격이며 일대 광영이로다! 바야흐로 징병제 실시야말로 우리 조선인도 일본인과 똑같은 황국신민의 자격을 얻게 되었노라, '나이센 잇따이', 내선일체의 원대한 이상과 꿈이 마침내 성사되었도다. '팔굉일우'(八紘一宇), 천황폐하의 광대무변하옵신 은혜에 감읍(感泣)하고 축하하노라.…"

**이광수**  (떨리는 목소리로, 더듬더듬)

〈朝鮮의 學徒여〉

그대는 벌써 지원하였는가/ -특별지원병을-/ 내일 지원하랴는가/ -특별지원병을-// 공부야 언제나 못하리/ 다른 일이야 이따가도 하지마는/ 전쟁은 당장이로세// 일본 남아(男兒)의 끓는 피로/ 아세아의 바다[海]와 육지[陸]를/ 깨끗이 씨어내는 성전(聖戰)// 이 성전의 용사로/ 부름받은 그대 조선의 학도여/ 지원하였는가, 하였는가/ -특별지원병을-/ 그래, 무엇 때문으로 주저하는가//… (암전)

8. 정 기자가 무대 중앙에 집안에서 잠자는 듯이 뒤로 벌렁 누워 있고, 배가 부른 만삭(滿朔)의 아내가 힘겹게 다가온다.

**아 내**  여보, 오늘도 늦었어요?

**정기자**  (일어나며) 으흠, 술 몇 잔 마셨어요. 올챙이, 햇병아리 신문 기자가 별 수 있겠소? 선배 기자들 쫓아댕기다 보면 그렇고 그렇지, 머. 그래도 오매불망 나는, '사랑하는 와이프', 내 마누라 당신님 생각뿐이라니까.

**아 내**  입술에 침이나 바르고 거짓부리 하세요.

**정기자**  무슨 소리야? 나, 진정이라니까!

**아 내**  아니, 이 양반이? 호호, 술이 덜 깼나봐요! '사랑하는 와이프', 그렇게 마누라를 생각하면 술 좀 작작 드시고 삼가해요. 유(you), 당신님은 신문사를 다니는지, 술도가에 취직을 했는지 분간이 안가요. 허구한 날 매일 장주 말술에다가, 야간 통금시간도 곧잘 넘기기 일쑤고….

**정기자**  (심드렁하게) 허허. '술 권(勸)하는 사회(社會)'야! 시방(現在) 돌아가는 세상이 뒤죽박죽이라니까.

**아　내**　'술 권하는 사회!', 뭐가요?

**정기자**　여보도 밖에서 하루 종일 사회생활 하다 보면 그렇게 되고 말걸? 술 안 마시고는 안 돼요.

**아　내**　망우리 공동묘지에 가면 핑계 없는 무덤 없다드니, 원. 신생 대한민국 사회가 그래서 술 퍼마시게 권한단 말예요?

**정기자**　(담배를 한 가치 피워 물고) 사랑하는 마누라, 그…, 「술 권하는 사회」라는 단편소설, 여보도 알고 있겠지?

**아　내**　서글프다 웃겠네! 나도 학교 시절에 읽어봤어요. 소설가 현진건 선생이 일제 시대에 발표했던, 그 문학작품 아니에요? 암울한 일제 강점기에, 인텔리겐자 지식인의 정신적 방황과 고뇌를 그려낸 풍자소설….

**정기자**　허허, 꼭 그렇다니까 글쎄. 지금은, 시방 술 권하는 사회라니까!

**아　내**　새벽 두 시경에야, 술이 만취해서 돌아온 남편이 하는 말, "으윽- 취한다, 술 취해! 요놈의 사회가 나를 술 마시게 한다니까?…"

**정기자**　그러자 세상 물정 모르고 순박한 아내가, 바느질고리를 앞에 놓고는 자탄하면서 한숨짓는 말인즉슨….

**아　내**　(흉내내어) "휴우- 몹쓸 세상이네! 그 몹쓸 놈의 사회가, 착한 우리 서방님한테 왜 술을 권하는고?" 호호. (두 사람, 다정하게 크게 웃는다) 그때는 나라도 없이 불쌍한 식민지 시절이었으니까 그렇다치고, 지금은 희망찬 신생 공화국인데 대한민국 사회가 술을 먹여요?

**정기자**   글쎄말야. 나도 잘은 모르겠다니까! 휴우… (사이) '유'(You) 참, 병원에는 갔다왔소? 당신님 뱃속에서 무럭무럭 자라고 있는 우리 아가 말야.

**아 내**   다녀왔어요. 당신을 닮아서 건강하고, 모두 모두 아주 튼튼하대요.

**정기자**   (무릎을 꿇고 아내의 불룩한 배를 감싸 안으며) 오늘날 우리가 이렇게 힘들게 사는 것은, 다가오는 너희들 새 세대를 위해서란다. 좀더, 보다 알차고 보다 멋지고 보다 아름답고 신나게… 그리하여 모든 인간이 살아가기 좋고, 평화롭고 행복한 세상살이를 만들고자 함이다! 귀여운 우리 아가야, 아빠의 말뜻을 알아듣겠냐?

**아 내**   …. (흐뭇한 표정으로 내려다본다. 암전)


## 2장


**시민1**   이제 나라도 세웠고, 특히나 친일파의 죄를 다스릴 반민족특별위원회도 활동을 시작했으니까 새 나라의 기틀이 잡혀가는 모양새입니다.

**시민2**   그래요. 미군정 시절에는 친일파 청산에 관심 없었으니까 그렇다치고, 이제라도 친일파놈들을 싹- 잡아들여야지.

**시민3**   그란디 이승만 대통령은 반민특위 활동에 있어 협조적이 아닌 것 같은데?

**시민1**    당연하지요. 해외파인 이 대통령의 가장 큰 약점이란 것이, 그 어른 측근에는 사람이 없는 거잖아. 그러니까 국회에서 '반민법'을 자기네 뜻대로 통과시켰으니 대통령 속마음이 편하겠어요?

**시민2**    아무튼 그 '화신백화점' 사장 박흥식을 시작으로 해서, 요참에는 '대한일보' 사장 이종형이란 작자도 잡혀갔잖아!

**시민3**    일정 때 만주에서, 일본군 밀정 노릇하던 그 이종형이가?

(사이렌 소리와 함께 시민1, 2 ,3 퇴장)

무대 다른 쪽에서, 대머리 벗겨진 이종형(李鍾榮)이 포승줄에 묶여서 등장. 그의 언행은 오만방자하고 안하무인격이다. 그를 호송하는 특경대원.

기자들, 우르르 뒤따르며 취재경쟁에 열심이다.

**이종형**   (안하무인으로) 이런 쳐죽일 것들. 본인은 애국자야. 나야말
로 투철한 반공투사이자 혁혁한 애국인사 아닌가! 그래서
나 같은 애국자를 감옥소에다 잡아넣고, 재판을 부치겠다
고? 어느 놈이 무슨 권세로 말야. 허허, 가소로운 작자들!
자네들은 뭣 하는 위인인가?

**특경대원**  (자신의 특경대 완장을 가리키며) 보시다시피 반민특위에서 활
동하고 있는 특경대원 아닙니까? 특별검찰관님의 영장에
따라서 사장님을 체포하고, 반민특위 본부에 연행하는 길
입니다. 자, 끌고 가!

기자들의 카메라 플래시 받는다.

**이종형**   이런 놈의 작자들, 본인이 누군 줄이나 알아?

**정기자**   대한일보 신문사의 사장 겸 주필이라고 알고 있습니다요.

**이종형**   그래, 나 이종형 선생일세. 이종형 본관이야말로 진실한
애국자요 진정한 반공투사이고말고!

**특경대원**  (시큰둥하게) 예에, 잘 알아 모시겠습니다.

**이종형**   이따위 엉터리 반민법을 시행하는 것은, 대한민국 국회에
서 암약하고 있는 공산당 프락치들의 소행이란 말야.

**박기자**   공산당 프락치요?

**이종형**   반민특위 안에는, 시제 공산당 앞잡이와 회색분자들이 득

시글득시글해요. 똥간 속에 구데기 끓듯이 말야. 그러니까 반민특위 같은 단체는 당연히 해체해 버리고, 하루 속히 빨갱이분자를 토벌해야만 한다고! 과거지사는 친일파의 부화뇌동으로 조선민족이 망하였고, 금일지사(今日之事)는 또 친일파 청산으로 나라가 망하려 하고 있음이야!

**특경대원** 사장님, 말씀 삼가십시오. 폭언 망발이 너무나도 심하군요.

**이종형** 지금 현재의 반민법은 '망민법'(網民法)이란 말씀이야! 반민족행위자의 처벌을 위한 '반민법'(反民法)이 아니고, '그물 망(網)'자'의 '망민'인 게야! 그놈의 몹쓸 악법이 온 국민을 그물로 옭아매고 있어요. 너나없이 친일파를 만들어내고, 민족반역자를 조작하고, 양산해 내고 있다 그 말씀이야. 따라서 반민법이야말로 나라와 민족의 분열을 책동하고, 국민 각자의 사생활을 불안하게 사회혼란을 조장하는 '망민법'이에요.

**정기자** 그 말씀에 증거가 있습니까?

**이종형** 이봐, 젊은 기자? 나는 공산당을 때려잡는 반공투사야. 투철하고 혁혁한 우익세력의 민주주의 반공주의자. 나 같은 늙은이 가슴에 훈장을 달아주지는 못할망정, 본관 손목에다가 쇠고랑을 채우다니! 나 이종형처럼 절세(絶世)의 애국자 있으면, 어느 누구든지 한번 나와 보라고 해요. 아니 그래, 반공투사 이종형이를 반민특위 법정에 세워 가지고 뭣을 어찌 하겠다는 거요, 엉?

**특경대원** 자 자─ 모든 것은 신성한 재판정에 나가서 말씀하세요. 갑

시다, 가요! (그를 끌고 안으로 들어간다)

카메라 플래시….

**박기자**    이종형이라, 거물을 잡았어. 특종이야, 특종! 정 기자 안 가?

**정기자**    선배님 먼저 들어가세요. 전 할 일이 남았습니다.

**박기자**    누가 올챙이 기자 아니랄까봐. 그래, 열심히 해라. 난 먼저 간다.

이때 이 조사관 등장.

**이조사관**    바쁘십니다, 기자 양반.

**정기자**    이 조사관님, 대어를 낚았군요. 반공투사요, 절세의 애국자라고!….

**이조사관**    우리 대원들이 그자를 체포하러 갔더니만, 육혈포 권총까지 빼들고 반항하더랍니다. 기세등등하게.

**정기자**    허허. 충분히, 그리고도 남을 인물입니다 그려.

**이조사관**    (서류를 들고 보며) 특별검찰관 조서(調書)에 의하면, 이종형은 과거 일정 때 관동군 촉탁(囑託)으로, 만주에서 활동한 악명 높은 밀정(密偵)으로 알려져 있습니다. 그야말로 악질적인 '스파이' 민족반역자! 관동군 헌병대의 앞잡이 노릇을 하면서 250여 명의 독립투사를 체포 투옥시키고, 그러고 또 독립운동가 17명을 사형 당하게 하는 등등 악질 부역자입니다.

**정기자**  어쨌든지 저런 거물을 낚았으니, 반민특위도 용기백배군요. 허허.

**이조사관**  근데, 정작 잡아 처넣어야 할 노덕술 같은 인간들은 수소문할 수 없으니 마냥 답답할 뿐이죠. 그 유명했던 악질 고등계 형사 노덕술이 말씀입니다. (머리를 저으며) 아무도 모릅니다. 철저하게 베일에 가려진, 그야말로 안개 속 인물이지요!

무대 한쪽에 조명 들어오면 경찰들의 호위를 받고 은둔해 있는 노덕술.
최운학과 뭔가 모의를 꾸미고 있는 모습이다.

**정기자**  오늘 아침에, 서울 도심의 안개 속같이 말입니까?

**이조사관**  허허, 맞습니다! 오리무중, 서울의 짙은 안개 속처럼… (사이) 허기사 저자들뿐이겠습니까? 모든 것이 안개 속이지요. 민족반역자뿐만 아니고, 현시국도 마찬가지라는 생각이 들어요. 정치도 그렇고, 사회도 그렇고, 경제도 그렇고 말야. 짙은 안개 속에서, 그야말로 한 치 앞을 전망할 수도 없는….

**정기자**  해방조국에 돌아와서는, 어느새 하루아침에 반공투사로 둔갑을 하고, 미 군정청(美 軍政廳)에 달라붙어서 애국자연

행세하는 것이야말로 목불인견이죠.

**이조사관** 그리고 또한 경무대의 이승만 대통령께서는 우리 반민
특위의 역사적 과업에 관련해서 후원하고 격려하기는
커녕, 건건이 쐐기나 박고 엉뚱한 말씀만 하고 계시니
까 답답해요.

**정기자** 허허. 조사관님 말씀에 전적으로 동감입니다. 가만히 살펴
보자면 조심스럽고 우려할 만한 징후가 곳곳에서 드러나
고 있다는 생각입니다.

**이조사관** 아까 저 이종형이란 인물도 자기가 발행하고 있는 그
의 신문 「대한일보」에다가 엉터리 궤변을 논하고 있어
요. "공산당 앞잡이 국회의원을 숙청하자"는 폭탄적인
사설(社說)을 쓰는가 하면, 신성한 「반민족행위처벌법」
을 지칭하여 '망할 망자' 「망민법」(亡民法)이라고 극언(極
言)하고 있습니다.

무대 다른 쪽에, 대형 플래카드가 내걸리고 군중의 함성 소리~~
'反共救國 總蹶起 및 政權移讓 祝賀 國民大會'

**괴청년들** 우리는 '애국청년단'이다. 애국청년단! "국회에서 친일파
를 엄단하라고 주창하는 자는 공산당이다! 공산당은 빨갱
이들이다! 빨갱이는 공산당이다!…"

**함 성** "반민법은 악법이다! 반민법은 애국지사를 옭아매는 빨갱
이법이다! 반민법을 폐기하라! 당장 폐기하라! 즉각적으

로 완전히 폐기하라! 반민법을 당장 폐기하라!…"(암전)


# 3장


(영상) 경기도 포천의 광릉(光陵) 숲

**권총소리**   '탕! 탕탕, 탕!…'

사복 차림에 중절모를 눌러쓴 홍택희(洪宅熹)가 가죽가방을 들고
성큼성큼 다가온다.
허름한 잠바 차림의 백민태는 큰 나무 뒤에 잠깐 몸을 숨겼다가
다시 나타난다.
홍택희가 주위를 두리번거리자, 백은 헛기침하며 인기척을 보
낸다.


**홍택희**   (그를 알아보고) 많이 기다렸습니까, 백민태 씨?

**백민태**   홍 계장님, 오랜만입니다요.

**홍택희**   오면서 들으니까, 권총 소리가 납디다?

**백민태**   허허, 권총 연습을 해봤습지요! 손목도 약간 풀 겸해서.

**홍택희**   백민태 씨, 그대는 타고난 명수 아닌감?

**백민태**   계장님, 과찬하지 마십시오. 홍 계장님의 총 솜씨도 명사
격 아닙니까?

**홍택희**    자— 여기. 약속한 대로 물건 가져왔습니다. 받아요.

**백민태**    (가방을 받는다) 웃어른 최난수(崔蘭洙) 과장님도 안녕하시죠?

**홍택희**    물론. 우리 시경(市警) 수사과장님이 노심초사, 준비하신
            물건이오. 극비사항이니까, 어떠한 실수나 실패가 있어서
            는 절대로 불가합니다! 백민태 씨, 그런 점을 각별히 유념
            해요. 최 과장님께서도 누누이 강조하고, 신신당부하셨으
            니까 말야.

**백민태**    (빤히 보며) 홍택희 계장님, 절대로 걱정일랑 잡아매십시오.
            만약에 실패하는 날에는 내가 죽든지, 멀리멀리 잠적해
            버리면 되는 것 아닙니까?

**홍택희**    절대로 실패란 용납되지 않아요! 백민태, 그대의 목숨도
            용서받을 수 없고. 그 가방에 리볼버(revolver) 신형 권총 한
            자루와 수류탄 다섯 발. 그리고 실탄들이 들어있으니까
            확인을 해보세요.

**백민태**    (느긋하게 가방 속을 들여다보며) 그런데, 물건이 또 한 가지 보
            이지 않는데요?

**홍택희**    하하. 어련하실까? 테러리스트 백민태 씨가 누군데… (속
            주머니에서 돈 뭉치를 꺼낸다) 거사자금 30만 원 중에서 10만
            원. 착수금 조로 우선 먼저 10만이야. 현찰 7만 원에다가,
            3만 원은 수표 쪽지.

**백민태**    감사합니다!


            백민태는 돈 봉투를 받아서 잠바 안주머니에 쑤셔 넣는다.

홍 계장이 담배 한 개비를 그에게 권하고 라이터 불을 부쳐준다. 그러고 자기도 담배 한 대에 불을 붙여 물고 심호흡하듯 담배연기를 내뱉는다. 사이.

두 사람, 각자 상념에 젖는다. 홍은 상대방의 의중을 탐색하는 눈치가 역력하고, 백민태 역시 긴장을 늦추지 않고 시큰둥하다.

**홍택희**　　백민태 씨, 우리의 구국적 결단을 이해하겠소? 쥐도 새도 모르게, 모든 것을 깨끗하게 처리해야만 합니다.

**백민태**　　…. (담배연기를 내뿜는다)

**홍택희**　　서울시경의 우리들 작전대로, 국회의원 노일환, 김웅진, 김장렬 세 놈을 납치해서, 저쪽에 38선 지역 숲속에다가 갖다 놓기만 하면 돼요. 감쪽같이. 그것이 백민태에게 맡겨진 절체절명의 과업이고 숙제니까 말야.

**백민태**　　국회의원 노일환과 김웅진은 현재 특별검찰관으로 맹활약중이고, 또 김장렬 국회의원도 특별재판관 아닙니까? 더구나 김웅진 같은 사람은, 「반민족행위처벌법」을 맨처음으로 국회 안에서 발의한 인물이고 말입니다.

**홍택희**　　그자들은 모조리 빨갱이요! 공산당 회색분자들이야! 우리 경찰에서 내사한 바에 의하면, 국회 안에는, 지금 현재 남로당 프락치들이 암약하고 있음이 명백해요. 적색분자 빨갱이들이…!

**백민태**　　무슨 확실한 근거라도 있습니까?

**홍택희**　　(담뱃불을 발로 비벼 끄고, 위협적으로) 백민태 당신은 수배중인 몸뚱이야. 지금 현재도 피의자 신분! 몽양 여운형 선생 죽기 전에, 그 집안 정원에다 폭탄 투척하고 야반도주한 자가 누군데? 바로 3년 전에 니놈이야. 테러리스트 백민태! 우리 경찰관서에서 눈 감아 주지 않았으면 너는 콩밥 신세란 말이다. 언제까지나 그 점을 명심하고 각별히 기억하라구, 엉? (그의 멱살을 바싹 움켜쥔다)

**백민태**   홍 계장님? 숨 막혀요, 아이구!….

**홍택희**   우리 경찰한테 밉보이면 국물도 없다. 백민태 너는 지구상에서 흔적도 없이 사라져 버리는 거야! 개미 새끼도 모르게. 당신, 알아?

**백민태**   그럼요, 홍 계장님! 나는, 나도 빨갱이놈 공산당이라면 질색입니다요….

**홍택희**   …. (손을 풀어주고 뒤로 물러난다)


이때 박수치며 등장하는 최운하.


**최운하**   하하. 백민태 씨야말로 진실과 정의가 무엇인지 숙지하고 있는 피 끓는 젊은 용사구만! 아니 그렇소? 테러리스트 백 형의 그 의협심과 용기를 높게 높게 평가하고 싶어요. 해서 우린 공생관계로, 서로서로 손길을 맞잡자는 것 아닌가?

**백민태**   명심하겠습니다, 사찰과장님.

**최운하**   그러니까 그자들을 38선까지 납치하는 것이 당신에게 맡겨진 과업입니다. 기타 사후문제는 우리가 알아서 처치할

테니까.

**백민태**  일언이 폐지하고, 저로서는 38선까지만 납치하면 된다 이 거죠?

**최운하**  아암, 그렇고말고. 거기까지만 임무완수하면, 만사 '오케 이'!….

무대 안쪽의 어둠 속에, 철조망과 수풀이 있는 '가상의 38선' 영상….

세 사람이 검정 띠로 두 눈을 가린 채 방향을 잃고 더듬더듬 헤매고 있다.

20대의 청년 3인이 M1총을 들고, 멀리 떨어져서 그들 셋을 겨냥하고 있다.

이윽고 콩 볶듯 총소리, '땅 땅 땅!….' 세 사람, 맥없이 사살된다.

**경찰관**  "내무부 치안국에서 긴급 발표합니다. 금일 17시 40분경에, 개성 위쪽에 있는 38선에서 신원미상의 남자 3인이 죽은 시체로 발견되었습니다. 그들 3인은 38선을 넘어서 월북을 기도했던 것으로 보이며, 때마침 38선을 순찰하고 있던 민간인 신분의 '우국청년단' 단원들이 이들 월북자를 발견하고, 즉각 살해한 것으로 추측됩니다. 수사당국의 현장조사에 의하면, 불행하게도 충격적이며 비극적인 사실을 발견하였습니다. 사망자 3인의 신원은 우리 국가사회의 지도급 인물로서 현역 국회의원 신분이었습니다. 국회

의원 김웅진(金雄鎭), 국회의원 노일환(盧鎰煥), 국회의원 김
장렬(金長烈) 등 제씨입니다. 사망자 3인에 관련하여 삼가
명복을 비는 바이며, 그 유가족에게도 심심한 위로의 말
씀을 전합니다. 지금 현지 경찰과 치안당국에서는 사건의
진상과 전모를 소상히 밝히고자 수사 중에 있습니다. 이
상입니다!"

**최운하**  어떻습니까, 백민태 씨? 우리들의 작전계획이.

**백민태**  (끄덕이며) 최운하 과장님, 대담하고 무자비한 작전계획이
군요! 반민특위를 잡기 위해서 경찰 측이 선수를 치고, 국
회의원을 제물로 삼는다?

**최운하**  문제는 확실한 비밀보장과 절대적인 작전성공이야!

**홍택희**  과장님, 그런 점은 하념(下念) 놓으십시오. 성공적인 작전
완수를 위해 만전을 기할 수 있도록 견마(犬馬)의 노력을
다하겠습니다.

**백민태**  오늘날 저, 반민특위 활동은 지당한 것 아닌가요? 온 국민
이 열렬히 환영하고 있으니 말입니다.

**최운하**  아암, 좋고말구. 좋아요, 좋아. 그래서 누가 반민특위를 반
대합니까? 허허. 과거의 친일파를 청산하고 나라의 민족
정기를 바로잡고자 하면, 그 꼭대기에서 놀았던 우두머리
몇몇 사람이면 충분해요. 그런데 이처럼 무지막지하게 진
행하다가는, 백만 명, 2백만 명이 모조리 걸려들 판이니까
그것이 문제점 아니겠소?

**백민태** 일정시대에 나라와 민족에게 죄 지은 자는 처벌을 받아서 마땅하고, 자기 자신의 죄과를 깊이 반성하고 속죄해야죠, 머.

**홍택희** (뱉듯이) 자- 백민태, 쓸데없는 헛소리 늘어놓지 말고! (종이를 건네며) 이것이나 읽어봐요.

**백민태** (펴보고) "나는 남조선의 이승만 괴뢰정권 밑에서 허수아비 국회의원 노릇을 하는 것보다는, 차라리 이북에 가서 평안하게 살기를 원한다!…"

**홍택희** (단호히) 그놈들을 납치하고, 자필 성명서 3통을 그와 같은 내용으로 필히 작성토록 권하시오. 그리하여 그것을, 한 통은 대통령에게, 한 장은 국회의장 앞으로, 또 한 통은 언론기관 신문사에다가 발송하는 것입니다. 그러고 나면 개성 인근의 38선 지대에서! (방아쇠 당기는 시늉). 백민태 씨, 내 말귀를 알아묵겠소?

**백민태** 예. 잘 알겠습니다…. (머리를 끄덕여 수긍한다)

그러자, 최운하가 저고리 품에서 노란 봉투를 꺼내 백민태에게 건네준다.

**최운하** 자- 이것도 읽어 보시오.

**백민태** (봉투를 읽어보며) '처단(處斷)…' 이건 또 뭣입니까?

**최운하** 백민태 테러리스트의 두 번째 과업. '숙청 대상자' 명단이야.

**백민태** 몇이죠?

**최운하**  (차갑게) 얼마 안 돼요. 15인!

**백민태**  아니, 15명이나? (서둘러 봉투의 명단을 본다) 신익희 김병로 권승렬…. (암전)


# 4장


어둠 속에서, 노덕술(盧德述, 50세)의 체포 장면.
쇠휘파람 소리 요란하고, 노덕술의 호위경찰과 특경대원들의 격투 끝에 그의 양손에 수갑이 채워진다.


**노덕술**  (발악하여) 이런 개자식들! 니놈들 뭐야, 엉? 천하에 노덕술 이를, 네깐 것들이 날 체포해? 요런 나쁜 새끼들 같으니라 고. 이놈의 자식들, 두고 보자! 나 노덕술이가 모조리 니놈 들을 소탕해 버릴 테니까….

**특경대원**  노덕술, 큰소리치지 말아요. 꼼짝 마, 임마! 노덕술이, 너 야말로 악질 고등경찰로서 반민 피의자, 역적새끼야….


다른 쪽, 전화를 걸고 있는 사찰과장 최운하의 모습.


**최운하**  (상기되어) 존경하는 시경국장님, 저, 사찰과장 최운하올습 니다. 우리 민주경찰이 무턱대고 앉아서 가만히 당해야만 되겠습니까? 그러니까 앞서 보고말씀 올린대로 노덕술 전

과장님을 신호탄으로 해서, 미 군정 때 수도경찰 부청장을 지내신 최연(崔燕) 선배님이 붙잡혀갔고, 또 현 성동경찰서의 유철(劉徹) 서장님도 잡혀가는 등등 줄줄이입니다요. 국장님, 진짜로 분통 터져서 더는 못살겠습니다. 이거 도대체, 제깐놈들이 뭣인데 막무가내로 행패를 부립니까? 우리들 경찰 쪽에서 얌전히 참고 보자니까, 저자들의 해꼬지가 심합니다요. 돼나캐나 민주경찰을 무조건적으로 연행해 가질 않나, 또 개 끌듯이 끌고 가서는 잔인하게 고문질까지 자행하고 있다는 등등… 아니 예, 뭣이라구요? 그러니까 반민특위 저것들의 고문행위가 사실이냐 그 말씀입니까? 아— 그런 악질적 고문행위는 불문가지, 마구잡이로 물어보나마나 아니겠습니까. 촌구석 농투성이가 쟁기를 짊어지면 논이나 밭으로 나가는 법이고, 건너다보면 빤히 절터지요! 존경하는 시경국장님, 우리 경찰관들 이거— 불안해서 못살겠습니다. 꼭 바늘방석에 앉아있는 기분으로, 하루하루를 넘기고 있습니다요. 예, 예— 그러믄입쇼. 저희들은 시경국장님만 믿고 따르겠습니다. 그러니까 내무부 장관님께 말씀드려 주시옵고, 그리고 또 쩌어— 하늘같이 높으신 경무대 웃어르신께도 잘 말씀 진언(眞言) 올려서… 예예, 깊이깊이 알아 모시겠습니다. 시경국장님, 충성! 대한민국 민주경찰 만세 만세! (차렷자세, 암전)

이어, 김상덕(金尙德) 위원장 방이 밝아지고, 이 조사관이 보고한다.

**김상덕**  (엄숙하게) 노고가 많았소이다. 그야말로 노심초사, 끈질긴 추적 끝에 노덕술을 체포할 수 있었다니, 마침내 개가를 올린 셈이구만!

**이조사관**  잘 아시다시피, 노덕술은 경찰 쪽의 철저한 비호를 받고 있어서 쉽지가 않았습지요.

**김상덕**  그런데, 어떻게?

**이조사관**  예에. 종로에 유명한 요정 있습지요. 그 명월관의 기생 김화옥(金華玉)을 통해서 정보를 얻어내고, 그 자의 소재를 파악할 수가 있었습니다. 그러니까 동화백화점 주인 이(李) 사장의 사택(社宅)에 은신해 있는 것을….

**김상덕**  동화백화점이라고?

**이조사관**  그렇습니다. 이두철(李斗喆) 동화백화점 사장 집에서지요. 체포 당시에 노덕술은 4명의 호위경찰관을 데리고 있었으며, 번호판을 단 경찰 지프차까지 한 대 보유하고 있었습니다. 그리고 압수한 가죽가방 속에서는…. (책상 위에 놓는다)

**김상덕**  가방은 또 뭣입니까?

**이조사관**  위원장님, 놀라지 마십시오. 그 가방 속에는 여러 가지 물건이 들어 있었습니다. 권총이 여섯 자루나 되고, 실탄이 수십 발. 그리고 또 거액의 현금, 자그만치 34만1천 원이 함께 들어 있었습니다.

**김상덕**  요런 나쁜 놈을 봤나!…. (자리에서 벌떡 일어난다)

이때 특경대장이 황급히 들어온다.

**특경대장**  위원장님, 저- 경무대 어른이 찾으십니다.

**김상덕**  뭣이라구요? 이 대통령 각하께서 나를 찾으신다고?

**특경대장**  황급히 경무대로 들어오시랍니다.

**김상덕**  알았소이다. 갑시다. (암전)

대통령 이승만과 김상덕 위원장의 대면 장면.
이 대통령은 〈매기의 노래〉를 흥얼거리며 꽃밭 주전자를 들고 물을 뿌리고 있다.

**이승만**  특위위원 여러분도 잘 알겠지만, 현금(現今)은 새로운 대한민국 정부를 세우고, 신생국가의 건국 초기입네다. 무엇보다도 중차대하고 막중한 것은 국가안보와 사회치안과 안정을 유지하고, 북한 공산당과 맞서는 일입네다!….

**김상덕**  대통령 각하, 지당하신 말씀입니다.

**특경대장**  각하, 저희들의 이번 활동은 왜곡된 역사를 바로잡고 민족정기를 바로세우는 절호의 기회이고, 기필코 짚고 넘어가야 할 민족의 고갯길이요 험한 가시밭길이라는 생각입니다. 비록 저희들의 능력이 모자라고 보잘 것은 없으나, 우리 특위활동에 어떤 방해공작을 초래하거나, 민심을 혼란케 하는 행위가 있어서는 절대로 용납해서는 아니 된다고 사료됩니다.

이승만　(신경에 거슬린 듯) 무슨 말씀을 하고 있습네까. 누가 특위활
　　　　동을 못하게, 어떠한 방해공작이라도 있다는 얘기입네까?

김상덕　오늘날에 저희들 입장과 심경의 일단을 피력하였을 뿐입
　　　　니다. 나라를 팔아먹고 민족을 배반하고 동족을 괴롭혀
　　　　온 민족반역자들에게, 그들의 죄과를 따져서 반성과 참회
　　　　를 받아내고, 그렇게 함으로써 그 죄악을 깨끗이 청산하
　　　　고 용서해 준 적이 우리는 한 번도 없었습니다. 각하, 지난
　　　　반만년의 역사상에 말씀입니다. 그런 뜻에서 요번에 '반민
　　　　법'이야말로, 역사상 하나의 '성전'(聖典)이다 하는 생각을
　　　　갖고 있습니다. 그래서 저희들은….

이승만　(얼굴을 씰룩이며) '성전'이라니? 기독교의 『바이블』같은 것
　　　　말입네까?

김상덕　허허, 대통령 각하. 그런 뜻은 아니오고, 다만 저희들은 이
　　　　'반민법'을 집행하고 발동할 때마다, 각자가 옷깃을 여미
　　　　고 기도하는 심정으로 공무에 성실히 임하고 있다는 뜻이
　　　　지요.

이승만　하여간에 이번 문제로 해서는, 사회적 혼란을 조성하고
　　　　민심을 이반시킬 때가 아닙네다.

특경대장　각하, 민심이 이반되는 것 아닙니다. 오히려 비 온 뒤에 땅
　　　　이 굳어지듯이, 잘못되고 비뚤어진 과거사(過去事)는 바로
　　　　잡고 민심을 하나로 뭉치자는 데 그 대의(大義)가 있는 줄
　　　　로 압니다요.

김상덕　저- 구라파의 불란서 대통령 드골 장군은 히틀러의 나치

점령하에 발생한 민족반역자 청산에 있어서, 추호의 관용이나 용서를 두지 않고 가차 없이 숙청하였노라고 들었습니다. 불란서의 위대한 역사와 민족정신을 좀먹는 정치가와 신문언론인과, 소설가와 작가 시인들에게는 더욱 엄중하게 가중처벌까지 해서 말씀입니다. 그리하여 드골 대통령께서는, "우리 프랑스가 다시 외세(外勢)의 침략과 지배를 받을지라도, 또 다시 민족반역자가 나오지는 않을 것이다!"라고, 온 국민에게 선언하였습니다. (프랑스 어느 마을의 교수형 영상, 사이)

**이승만**  근간에 경무대에 올라온 보고에 의할 것 같으면, 특위에서 활동하고 있는 특경대원(特警隊員)이란 자들이 경찰관 행세를 하면서, 무소불위로 사람을 잡아두고, 난타하고, 고문행위를 가하는 일이 비일비재하다고 들었습네다. 그와 같은 불법행위가 발생하고 있다면, 그것은 심대하게 유감스럽고 걱정되는 사태가 아닙네까?

**김상덕**  각하, 무슨 당치 않으신 말씀입니까? 어디서 그와 같은 말씀을…. (놀래서, 특경대장을 마주본다)

**특경대장**  대통령 각하, 우리들 특경대원이 사람을 불법감금하고, 난타 고문 운운 하시는 말씀은 금시초문이고 사실무근입니다. 필시 누군가 어느 한쪽의 거짓부리 모략입니다요.

**김상덕**  각하, 정히 의심스럽고 그렇다면, 국회나 경찰에서 합동조사반을 새롭게 구성하고, 그 시비곡직을 따져볼 수도 있지 않겠습니까?

**이승만**　그러한 문제점은 더욱 알아보기로 하고, 으흠! 내가 시방 김상덕 위원장님을 만나자고 한 뜻은….

**김상덕**　말씀 하십시오, 대통령 각하.

**이승만**　노덕술 경찰관에 관련되는 사항입네다.

**김상덕**　(놀래서) 노덕술 피의자를 말씀이니까?

**특경대장**　대통령 각하, 노덕술은 고등계 형사 출신으로서 악질적인 친일반민족 행위자입니다. 그는 1920년에 일제경찰에 투신, 평안남도 경찰부 보안과장의 현직에서 8.15해방을 맞이할 때까지, 무려 25년간을 고등계 사상업무에 종사해 온 부역자입니다. 그러니까 특하나, 항일독립운동가와 반일사상단체 탄압에 악명이 높았습지요. (메모지를 꺼내 들고 손을 떨며) 그러므로 노덕술은, 반민법 제3조 '독립운동자나 그 가족을 악의로 살상 박해한 자' 및 제4조 6항 '군경찰의 관리로서 악질적인 행위로 민족에게 위해를 가한 자'에 해당하는 확신범이 옳습니다!….

**이승만**　나의 생각은 그렇습네다. 노덕술은 공산당 때려잡는 반공투사입네다!

**김상덕**　각하, 그것은 호미로 막을 것을 가래로 막는 격입니다. 도적놈 때려잡겠다고 도적떼를 빌어다가 막을 수는 없는 일 아니겠습니까?

**특경대장**　노덕술은 악질적인 고문경찰 친일파일 뿐입니다, 대통령 각하!

**이승만**　노덕술은 해방 이후 미군정청 경찰에 투신하여 공산당을 때려잡고, 치안확보에 힘써 온 공로자입네다. 해방공간에서는 민족주의자 고하 송진우(古下 宋鎭禹)를 암살한 한현우(韓賢宇) 범죄자를 체포하였으며, 작년 여름엔 장택상(張澤相) 수도경찰청장을 저격한 범인을 검거한 인물입네다.

**특경대장**    각하, 수도경찰청장 사건도 그렇습니다. 노덕술은 그 사건의 피의자 박성근을 고문치사(拷問致死)하고 그 죽은 시신을 한강 물속에 몰래 내다버린, 이른바 '수도청 고문치사 사건'의 주범 옳습니다. 그래서 현재도 수배중에 있는 철면피하고 교활한 도피자였습니다.

**이승만**    (까딱없이) 내가 보기엔 그렇습네다. 노덕술 같은 유능한 경찰수사 전문가들이 있어야만, 우리가 발을 뻗고 편안하게 잠잘 수 있는 것입네다. 그러므로 노덕술을 유치장에서 하루 속히 풀어주는 것이 좋을 것이다 하고 본인은 생각합네다.

**두 사람**    (경악하여) 아니, 대통령 각하?

**이승만**    김 위원장님은 어찌 생각합네까?

**특경대장**    (읍소하듯) 대통령 각하, 어찌 그처럼 놀라운 하명(下命)을 하십니까? 아무리 나라에 인재와 인물이 부족하다고 한들, 민족반역자를 옹호하고 친일파 청산을 반대하시다니요. 너무너무 슬프고 한스럽습니다!….

**이승만**    (빈 꽃밭 주전자를 그에게 던지듯이 안겨주며) 남의 말씀을 가로채지 마십시오. 김 위원장님에게 본인은 물었습네다!

**김상덕**    대통령 각하! 그와 같은 생각일랑 거둬주십시오.

**이승만**　왜 그렇습네까?

**김상덕**　(단호히) 그 말씀에는 따를 수 없음인가 합니다. 비록 국가 원수의 직에 계신다고 할지라도, 소정의 법 절차에 따라서 집행된 범법자의 무조건 석방이란 불가한 일입니다. 송구스런 말씀이오나, 대통령 각하의 지금 처사는 그 자체로서 법률위반 행위라고 감히 말씀드리지 않을 수 없습니다!

**이승만**　뭐 뭐, 뭣이라구? 내가 법률위반 행위를….

**김상덕**　김병로 대법원장께서도 말씀하기를, "반민법은 헌법에서 규정하고 있는 특별법이다. 따라서 특위의 활동은 불법이 아니고 정당한 것이다"라고 하였습니다, 대통령 각하.

**이승만**　그만들 돌아가시오! 으흠! 흠, 흠…. (분노하며, 퇴장)

**특경대장**　각하, 각하! 대통령 각하! (뒤쫓아서 따라간다)

**김상덕**　(탄식과 비감으로) 민주주의 국가 미국에서 철학박사 학위까지 받으신 대통령 이승만님, 새나라 대한민국을 어디로 끌고 가십니까!…. (암전)


## 5장


'노란봉투'를 들고 있는 백민태의 기자회견 모습.

신문기자들이 우르르 몰려든다.

**박기자**    왜 갑자기 테러리스트 백민태가 기자회견을 한다는 거야?

**정기자**    선배님, 무슨 음모가 있는 모양이죠? 치안당국이 국가 요인을 암살하려 한다는 것인데, 경찰이 왜 그런 험악한 음모를 꾸몄을까요?

**박기자**    글쎄 말이다. 허허. 세상이 온통 짙은 안개 속이니까 말야!….

무대 한쪽에 백민태 등장한다.


**정기자**    백민태 씨, 본인의 신원서부터. 과거 이력을 먼저 밝혀 주시죠?

**백민태**    나는 일찍이 중국 땅에서, 일제 강점기에 조선독립을 위해 투쟁한 항일독립 운동가 테러리스트입니다.

**박기자**    항일 테러리스트? 그건 그렇고, 지금 현재 자수한 동기와 배경이 무엇입니까?

**백민태**    예, 나 자신에게 심경 변화가 와서 '폭로'하기로 마음먹었습니다. 그러니까 지령받은 암살자 명부에 보면, 내가 존경하고 평소에 사랑하는 유명인사들도 여럿이 포함되어 있었습니다. 그러고 또, 저- 노덕술 씨가 체포되는 것을 보고는 심적 고민을 많이 했었지요. 왜냐면 음모를 꾸민 친일경찰들, 그중에서도 우두머리 노덕술 과장은 악질경찰로서 '고문왕'이란 사실을, 나도 지금까지는 미처 몰랐거든요? 저는 철저한 반공주의자이고, 항일 민족주의자니

까 말입니다. 요것, 노란봉투 속에는 15명의 처단자 명단
이 적혀 있습니다.

**정기자** 그 처단자 명단이 누구누구입니까? 말씀해 주십시오.

**백민태** 국회의장 신익희 선생을 비롯해서, 김병로 대법원장님, 권
승렬 검찰총장, 반민특위 김상덕 위원장과 부위원장 김상
돈 의원님 등등. 그리고 국회 안에 있는 몇 몇 사람의 소장
파 젊은 국회의원들… (봉투에서 종이를 꺼내들고) 제가 명단
을 소상하게 읽어 드릴까요? 김병로, 신익희, 권승렬, 지대
형. 지대형 이름은 중경임시정부의 광복군 총사령관을 지
낸 이청천 장군을 말하는 것입니다. 그리고 아까 얘기한
김상덕과 김상돈, 혹은 유진산, 곽상훈, 서용길, 홍순옥, 서
순영…. (암전)


시내 명동의 허술한 대폿집, 밤.
이 조사관과 정 기자, 박 기자 셋이서 술잔을 기울이고 있다. 박
기자 유행가를 부른다.


**정기자** 아, 박 선배님, 요런 시국에 노래가 나옵니까?

**박기자** (술에 취하여) 이런 뭣 같은 세상에서, 술하고 유행가 노래가
빠지면 무슨 재미로 살아가냐, 임마? 그러니까 니놈이 올
챙이 기자라는 게야!

**정기자** (혀 꼬부라진 소리로) 거- 올챙이 올챙이, 그러지 마슈. 올챙
이가 개구리 되는 것 아닙니까! 기껏 일 년 앞서 신문사에

**박기자**  임마, 정 기자! 오뉴월 하룻볕이 어딘데, 엉? 허허. 너 시
방, 1년 선배 기자님 나를 무시하는 거냐?

**이조사관**  헛소리들 그만하고 술이나 듭시다. (잔에 술을 따라준다)

**박기자**  이 조사관님, 안 그렇소이까? 신익희 김병로 이청천 장
군… 또 누구누구 똑똑한 명사들 다 죽여놓고 나서, 그럼
누구와 더불어서 손잡고 정치를 하고, 나라와 국민을 다
스리겠다는 말입니까? 세상 개판이다. 안개 속으로 개판!
으윽…. (술 트림)

**정기자**  쪽발이들 일본사람 다시 모셔다 놓고, 백년 천년을… 자
자손손 잘 살아보겠다는 속셈이지, 머. 민족반역자 친일파
끼리, 지네들만 말요. 허허.

**박기자**  요즘에 그래서 유행하는 소리 몰라? 미국 양키놈 믿지 마
라, 소련놈 로스케한테 속지 마라, 일본놈 쪽발이들 다시
금 일어난다! 아니 그래, 청천하늘이 무섭지도 않나? 살맛
안난다, 진짜로 살맛 안 나요! 언감생심, 어쩌면 그따위 소
름끼치는 흉계를 모의할 수 있느냔 말야.

**이조사관**  시경 수사과장 그 최 아무개란 자가 담당검사에게 태연히
진술하더랍니다. 그 노란봉투에다가 '處斷'(처단)이라고 쓴
것은, 손장난 삼아서 한번 끄적거려본 것뿐이다! 낙서, 낙
서. '낙서'라고 말요. 요런 나쁜 자식들….

**정기자**  손장난이요?

**박기자**  손장난 삼아서, 낙서? 에라이- 마른하늘에서 날벼락 맞고,

천벌을 받아서 죽을 것들! 퉤, 퉤… 요것이나, 감자나 처묵어라. (벌떡 일어나서 주먹으로 감자 먹이는 흉내)

**이조사관**　사전에 미리 폭로되었다고는 하나 문제점이 심각합니다. 그 첫 번째는 현직의 고급 경찰간부 사이에서 그런 음모 공작이 있었다는 것. 둘째로는 그 인물들 전부가 하나같이 일정시대의 고등계 형사 출신들이라는 점입니다.

**정기자**　그리고 배후인물로는 재정에 박흥식, 언론계에 이종형, 또 경찰계의 선배 노덕술 등등이 있다는 것 아닙니까?

**박기자**　그래애, 잘들 논다. 하나 같이 좆같은 새끼들! (술 한 모금 마신다)

**이조사관**　그건 그렇다치고, 개뼈다귀 같은 백민태란 그 작자는 또 누굽니까? 그야 기자 양반들이 소상히 좀 더 알지 않겠소?

**박기자**　그 인물, 30대 안팎의 젊은 테러리스트 백민태란 이름자는 가명입니다. 진짜로 본명은 '수풀 림자' 임정화(林丁和)야. 어느 기자가 '백민태'가 무슨 뜻이냐고 물으니까 요렇게 대답해요. '흰 백'(白)자와 '백성 민'(民)자는 우리나라 '백의민족'(白衣民族)을 의미하고, 그리하여 백의민족을 '태평'(泰)하게 하겠다는 뜻으로 '백민태'라나?

**이조사관**　'백민태'라? 이름자가 근사하구만. 허허.

**박기자**　백민태는 중국에서 태어나고 성장하였다. 나이 18세 땐 벌써 장개석 군대의 국민당 당원이 되었다. 그는 북경(北京)에서 지하공작대원으로 활동하는 중에 일본군의 치안 시찰관을 암살하였다. 그리고 또 어디서 일본군 부대의 병영과 군용열차를 폭파하는 등등… 으윽!

**정기자** (술잔을 놓으며) 박 선배님도 잘 아시네요, 머. 단기4278년도(1945) 8.15해방 무렵에는 북경에 있는 무슨 극장인가를 폭파한 연후에 체포돼서 사형언도까지 받았답니다. 그런데 바로 그 4일 뒤에, 일제가 패망하고 해방 되는 바람에 죽지 않고 풀려났지 뭡니까! 억세게 운수 좋게도, 무사히. 허허. 그래가지고 고국에 돌아와서는, 그해 12월 달에 몽양 선생 댁에다가 또 폭탄을 던졌노라고 말입니다. 물론 어느 누구의 사주였는지, 백민태의 독자적 행동이었는지는 아무도 모르고, 수수께끼 같은 안개 속 인물이지요….

**박기자** 야아, 술 떨어졌다! 한 주전자, 더 시켜요?

**정기자** …. (담배를 피워 문다. 사이)

**이조사관** 곰곰이 지난 3년간의 미군정 시절을 돌이켜보면, 불행의 씨앗들이 어느새 벌써 새싹을 틔웠다는 생각입니다. 무엇보다도 일제의 앞잡이 노릇을 한 친일경찰 세력이 문제입니다. 그 인간들은 곳곳에, 구석구석 뿌리를 내리고 확고하게 세력을 구축했어요. 감쪽같이 제복을 갈아입고, 나보란 듯이 둥지 틀고 앉아서 뻔뻔스럽게도 말입니다. 그 야말로 불행하고 파렴치하고 비극적 현상이지요! 과거 독립운동가를 탄압했던 그 피 묻은 손에서, 현재는 공산당 좌익세력을 타도한다는 깃발을 앞세우고 반공경찰로서 변신한 것입니다. 노덕술이 저자가 우리 독립운동가를 세 명이나 고문사(拷問死)시킨 "일경(日警)의 호랑이"로 악명 높았다면, 김태석(金泰錫) 같은 자는 "고문왕"(拷問王)으로 소문난 인물입니다. 일경의 호랑이 노덕술과 고문왕 김태석, 이런 친일 부역자들이 민주경찰이란 간판을 내걸고서 버젓이말요!

**박기자**  (빈 주전자를 흔들며, 안에 대고) 야, 술 떨어졌다, 주모! 여기, 술 한 주전자 더 줘요.

**주 모**  (코러스 중) 그만 좀 처먹어!….

주모, 요란하게 칼질을 한다.

**정기자**  (비틀거리며) 박 선배, 그만그만! 오늘은 나, 집에 가봐야 해요.

**박기자**  뭐야, 임마? 집에 들어가면, 배불뚝이 니 와이프가 꿀단지라도 챙겨놨냐!

**정기자**  바야흐로 통금 시간도 다 됐네요.

**박기자**  우리가 통금 걸리는 게 한두 번이냐? 딱- 한 주전자만!

**이조사관**  그래요. 마십시다, 한잔 더! 허허.

**정기자**  딱, 한 주전자만입니다?

**이조사관**  주모, 여기 한 주전자 더요.

**주 모**  예 예, 여기 있습니다, 이 선생님. (술 주전자를 내민다. 암전)

# 6장

시민1, 2, 3 등장.

**시민1**  반민특위 활동이 순탄치만은 않네요. 이승만 대통령은 특위 권한을 약화시키는 수정안을 국회에 제출하면서 친일 경찰을 석방하라고 압력을 넣고….

**시민3**  이승만이 노덕술 보고 하는 말씀이… 그려 그리어.

**시민2**  (이 대통령 어투로) "자네 노덕술이가 있어서, 우리가 두 발 뻗고 편안히 잠을 자네!…" 하면서 칭찬하고 좋아들 했다 잖아요.

**시민1**  김상덕 반민특위 위원장, 그 인물은 대단한 사람이더구만 요. 일본 유학생 시절에 1919년에는, '2. 8 독립선언'을 주도한 학생 독립운동가였어요.

**시민2**  그러고 중경임시정부에서는 문화부장으로서 독립운동을 했었지. 그러다가 요번에 제헌국회에는 그의 고향인 경상 북도 고령(高靈)에서 국회의원에 당선되고 말여. 그러니까 친일파 청산을 진두지휘하기엔 안성맞춤 인물이지, 머

**시민3**  그럼그럼. 그 '고문왕' 김태석이를 특별법정에 세운 것만 봐도 역사적 사건이야. 그 역사적인 재판을 구경하려고 내가 '정동 대법정' 앞으로 나갔더니만, 아이구, 야아~ 사람들이 어찌나 많은지, 구름떼같이 몰려들었어요. 해서 말 탄 기마경찰까지 동원이 돼서 질서유지를 잡아요.

**시민1**  고문왕 김태석이 그놈! 그자의 창씨개명은 '가네무라[金村]태석'이야. 일정 때 고등계 '경시'(警視) 출신. 기미년 3.1 만세운동 뒤에 새로 부임하는 사이또[齋藤實] 총독한테 폭탄을 던진 우리 강우규(姜宇奎) 의사(義士)를 체포해서, 서대문감옥소에서 교수형을 당하게 했어요. 그뿐인가. '밀양폭탄사건', '조선의용단사건'과 세칭 '일신사 사건' 등등 그자가 손 안댄 사건이 없어요.

**시민2**  그리고 8.15해방 무렵에는 중추원 참의와 경상남도 참여관까지 해쳐먹었잖아요?….

기마경찰대의 말 울음소리와 군중의 소란이 들려오고,

재판장 노진설(盧鎭卨)과 피고인 김태석 둘의 모습.

영상 – 위창 오세창(葦滄 吳世昌) 선생의 휘호 '民族正氣'가 또렷이 걸려 있다.


**재판장**  고등경찰이란 무엇을 하는 곳인가?

**피 고**  그저 그냥, 일본놈의 '고쓰가이'[小使] 밖에 아니 됩니다.

**재판장**  '고쓰가이'라니?

**피 고**  예. 일본사람들 옆에 붙어서 도와주는 소사, 그냥 잔심부름꾼이지요. (방청석에서 어이없다는 듯 큰 웃음소리)

**재판장**  기미년 독립만세운동 당시, 피고는 고등경찰로서 학생사건을 취급하지 않았는가?

**피 고**  아니 옳습니다. 절대로 그런 일 없었습니다. 언제든지 나는 쫄쫄 뒤따라 댕기는, 한 개 '고쓰가이'에 지나지 않았습지요.

**재판장** 한 개 '고쓰가이'라… 그때에 피고가 취급한 사건은 무엇인가?

**피 고** (천연덕스럽게) 기미년 독립만세 사건의 범위는 참 넓습니다. 그 당시 만세소리가 하도 커서 정신을 못 차릴 지경이었으니까요. 심지어 우리 집 안방에서도 독립만세를 불렀고, 나도 큰소리로 우렁차게 만세를 함께 불렀습지요. 이 자리에서 내 자랑 같아서 거북하지만, 사실은 저도 애국자라면 애국자입니다. 그래서 '만세, 만세!' 하고 소리쳐 불렀던 만세꾼들을 살째기 뒷구녕으로 빼주기도 했더랬습니다. (방청석 웃음)

**재판장** 그러니까 고등계 업무 일은 안 보았다는 말인가?

**피 고** 아니죠. 고등계 업무는 보았으나 취급은 안했었습니다.

**재판장** 고등경찰이라면 독립운동가와 사상범을 체포 고문하고 감시하는 일제의 주구(走狗), 곧 사냥개 같은 존재로 알려져 있어요. 그런데도 피고는 고등경찰에 근무하면서, 사상관계 사건을 한번도 취급하지 않았다는 게 우습지 않습니까?

**피 고** 피고인은 일본인 순사들이 그냥 '이놈을 잡아라, 저놈 잡아라!' 하는 바람에 그대로 수행하였을 따름입니다. 그냥 그냥, 시키는 대로 '고쓰가이' 같이 말씀이죠.

**재판장** 고쓰가이, 고쓰가이, 일본말 쓰지 마세요. 피고 김태석에

|       |                                                                 |
|-------|-----------------------------------------------------------------|
| 피 고 | 게 고문을 당했던 사람들이 많은데?                                |

피 고 그것은 헌병으로 있었다면 했을지 모르지만, 경찰에 있으면서 그런 짓을 했을 리가 만무합니다.

재판장 증인이 있는데도?

피 고 어디, 누가 고문당했습니까?

재판장 김태경이란 사람이 특위검찰에 출두해서 고문당한 사실을 말하기를, "김태석이라면 3척동자도 떨 것입니다" 하고 증언했어요. 아니 그러한가?

피 고 그 당시에 김태경 같은 불량배를 유치장에 처넣고 콩밥을 먹였을 리도 만무합니다. 그 자가 정신병자 아니면 그런 헛소리를 했을 리가 없습니다.

재판장 피고가 고등경찰에 재직 당시에, 중대 사상범 사건의 8할 이상을 본인 혼자서 취급하였다는데 그것도 사실인가?

피 고 그렇게 많이 어떻게 다 취급할 수 있겠습니까요? 수사를 지휘한 일은 한 개도 없었고, '고쓰가이', 아니 심부름꾼 소사처럼 그냥그냥 지시를 받았을 따름입니다.

재판장 중추원 참의(參議)로 있을 때는 무슨 일을 하였는가?

피 고 그냥 자리를 주니까 받았습지요. 참의 자리를 받은 이상 여태껏 일해 오던 놈이 별안간 안 할 수야 있었겠습니까? 안 한다고 뒤꽁무니 빼도 별도리가 없었고, 일은 대충대충 했으나 대단치 않았습지요. 쉽게 간단히 말씀하면, 내선일체(內鮮一體), '나이센잇따이'란 것도 일본 사람 니네들만 잘났다고 떠들어서는 안 된다, 우리가 다 같이 융화하고 함께 걸어가야 한다고 말했었습니다.

**재판장** 독립운동가 강우규 선생은 누가 체포했었나?

**피 고** 자세히는 모르겠습니다만, 강우규 씨 자신이 경찰서까지 찾아와서 자수한 것으로 기억하고 있습지요.

**재판장** 자수를 해요? 김태석 피고가 추적과 수색 끝에, 서울시 종로 누하동 17번지 임재상의 집에서 강우규 열사를 체포한 게 아닌가?

**피 고** 피고인 본인은 그 사건에 관계치 않았습니다. 절대로입니다. 그 당시에 피고인은 무슨 중병을 앓고 있어서, 1주일만에야 겨우겨우 일어나서 변소깐에 갈 수 있을 정도였습지요. 그러니까 강우규 선생은 그해 9월 17일에, 본인이 종로경찰서에 자진출두해서 자수를 행한 것입니다, 재판장님!

방청석에서 분노와 질타의 목소리….
"저런 돌로 쳐죽일 놈!
저— 작자가 새빨간 거짓말을 하고 있네 그려.
저, 저— 저런 나쁜 철면피 같은 놈을!" 등등.

**정 리** (엄숙하게) 정숙, 정숙!….

**재판장** 잘 알겠습니다. 검찰측 논고하세요.

검찰관 곽상훈(郭尙勳), 재판장을 향해 발언한다.

55

**검찰관**   (법복 차림) 재판장님, 곽상훈 검찰관이 말씀드립니다. 지금까지 피고는 애국자인 것처럼 횡성수설하며, 피의사실 모두를 부인하고 있습니다. 본 검찰관은 피고의 정신상태가 온전한지, 신경과 전문의사에게 정신감정을 의뢰할 것을 재판부에 제안하고자 합니다. 지금 특히 여기 기소문에도 나와 있습니다만, 피고 김태석은 가증스럽게도 밀항선 배를 타고 일본에 도피하려다가 체포된 자입니다. 민족 앞에 자기의 죄과를 자책하고 개전할 의사는 추호도 없이, 오히려 자기 죄악을 은폐하려는 데만 급급하고 있어요. 참으로 유감스럽다고 지적하지 않을 수가 없습니다.

존경하는 재판장님, (서류를 들어올리며) 이것은 경찰서 유치장에서 피고 김태석이가 강우규 의사에게 가한 고문행위를 목도한 황삼규(黃三奎) 동지의 증언록입니다. 황삼규 동지는, 과거 일정 말기에 본 검찰관도 역시 한때는 종로경찰서에서 철창신세를 진 적이 있는데 그곳에서 만난 동지올시다. (읽는다) '나는 악질 김태석이가 고문을 가하는 것을 잘 알고 있음이다. 유치장에서 강우규 의사께서 당하셨던 그 모진 고문 사실을 생생하게 목도하였다. 김태석이 그놈은 강 의사님의 혓바닥을 생짜로 뽑아내고, 그리하여 선생님 혓바닥이 세 치 가량이나 축- 늘어져서 삐져나온, 그와 같은 참혹한 광경을 나의 두 눈으로 똑똑히 보았다. 67세의 늙으신 나이에, 강우규 선생님은 인사불성으로 다 죽어가고 있었다. 아- 인두겁을 쓴 똑같은 인간으로서는 도저히 용납할 수 없는, 검은머리 인간의 할 짓이 못되는 것이다. 이야말로 천인공노할 죄상이 아니고 무엇이겠는가!…' 나의 황 동지는 분노와 설움에 복받쳐서 마룻방 기둥을 끌어안고 쾅쾅- 머리채를 부딪치고, 주먹 같은 눈물방울을 울며불며 펑펑- 쏟아냈습니다! 재판장님, 이상입니다. (숙연해지는 법정)

**재판장**  변호인. 최후변론 하세요.

**변호인**  (농락과 궤변으로) 에- 변호인 오승은올시다. 본 변호인이 검찰조서를 검토한 연후에 이것저것을 면밀히 살펴보건대, 피의사실을 입증할 만한 결정적이고 충분한 증거를 찾아내지 못하였습니다. 다만 피고인이 경찰에서 근무할 그 당시는, 너도나도 쥐나 개나, 소위 독립운동가란 작자들이 산사태가 나다시피 많고 많았습니다. 지나가는 개들도 '만세'를 외쳐댔으니까 말이죠. 가령 최자남(崔子南) 황삼규 같은 자들이 화약이나 폭탄을 일시적으로 보관하고 있었다고 해서, 그 자들을 독립운동가라고 딱히 지칭할 수도 없는 것 아니겠습니까? 반드시 옥석을 가릴 수가 없는 것이다 그 말씀이에요. 그네들은 모조리 가짜 엉터리입니다. 그런고로 피고 김태석은 그 같은 가짜투성이, 엉터리 독립운동가를 잡아들였을 뿐이다 하는 것이 본 변호사가 내린 결론올시다. 진짜 독립투사들을 왜 잡아들입니까? 나와 똑같이 피를 나눈 형제 동포들인데. 그러므로 피고가 경찰관 재직시에 체포한 인물은 가짜이고 엉터리 독립운동가들뿐이었어요. 그렇다고 볼짝시면, 그것은 곧 조선의 독립운동을 위해서도 수많은 보탬이 되었을 것이며, 애국적인 처사 아닙니까? 이상입니다.

방청석 웅성웅성….
"아니, 뻔뻔스런 저─ 인간을 좀 보게나!" "저런 쓸개 빠진 놈, 오 변호사 저것도 유명한 친일검사 출신이 아닌가?" "저놈이 죽을라고 미치고 환장했구만그려." "악질 고등계 형사 김태석은 사형이오, 사형!" 등등.

**정 리**   (엄숙하게) 정숙!….

**재판장**  (엄중하게) 판결하겠습니다. 에─ 피고 김태석에게 선고합니다. 반민법 제4조 2항, 4항, 5항 및 제5조 위반죄를 적용하여 무기징역에 처하고, 재산몰수형 일금 50만 원을 병과한다.

**변호인**  (큰소리로) 재판장님, 재판이 아니고 오판입니다! 이거 불복입니다….

**재판장**  그리고 변호인 오승은을 법정구속합니다. 반민법 제7조 위반, '반민족행위자 옹호죄'로써 처분합니다!

방망이 때리는 소리, 재판장 퇴장.
반항하는 오승은 및 김태석 죄수, 경찰에게 끌려나간다.
방청객들, 크게 환호하고 박수치면서 퇴장.

# 7장

시민1, 2, 3 등장.

**시민3**  50만 원! 가만 있자⋯ 쌀이 5만 가마니네?

**시민2**  5만 가마니 그까짓 것이 많어? 그놈의 재산을 싹- 다 몰수해야 하는데.

**시민1**  어쨌거나 우여곡절과 재판절차의 미숙은 있다고 쳐도, 반민재판은 역사적으로 잘 진행되고 있는 거지요?

**시민2**  그럼, 잘되고말고. 매국노, 친일 반역자 처벌이라는 게 손바닥 뒤집듯 손쉬운 일이겠어? 하나씩 하나씩 해결해 나아가는 것이 중요한 거지!

**시민3**  사사건건 비협조적인 이승만 박사, 반공을 가장한 친일세력의 끈질긴 반항, 왜경출신 경찰간부들의 견제와 방해공작. 아직은 가시밭길이어. 갈 길이 멀어요.

**시민1**  쩌- 구라파(歐羅巴) 불란서의 유명한 실존주의 작가 알베르 까뮈(Albert Camus)는 드골 장군의 민족반역자 처단에 말썽이 생기자 요렇게 외쳤어요. "어제의 범죄를 처벌하지 않는 것은, 그것이야말로 미래에, 내일의 범죄에 용기를 주는 것과 똑같이 어리석은 일이다. 우리네 불란서 공화국은 관용으로 건설되지 않는다!⋯"

**시민2**  미래에, 그러니까 훗날 내일의 범죄에 용기를 준다고? 이야하 ~ 요 친구가 별것을 다 알고 있네그랴!

**시민1**  으흠! 그것이야 일반상식이죠, 머.

**시민3**  근데, 실존주의란 것이 뭐냐? (사이) 실존주의가 뭐이냐구, 엉?

**시민2**  간단하게 설명해줄까? 실! 실제로, 존! 존재한다. 수업 끝. 허허.

**시민1**  그나저나 5월 달에 들어서자마자, 큰 사건이 두 개나 터져 버렸어요!

**시민3**  큰 사건 두 개라고? 고것이 뭐인데?

**시민1**  첫째, 5월 3일자로 시행된 「서울신문」 발행정지 처분! 「경향신문」과 더불어서 가장 비판적이고 진보적인 논조를 유지하고 있는 신문이 「서울신문」 아니요? 그런디 이승만 대통령의 입맛에 맞지 않았는지 정간조치를 내렸대요. 그러니까 신문사 펜대에 쇠고랑을 채우고 주둥이에다 재갈을 물려버린 꼴이 아니감유?

**시민3**  그리고 둘째로, 또 하나는 뭐이랑가?

**시민2**  뭐이긴 뭐여. 그것도 몰라? 국회 안에서 벌어진 '남로당 프락치 사건'이제. 친일파 청산에 제일 적극적인 소장파 젊은 국회의원들을 빨갱이로 몰아서 체포해 간 그 사건 말일쎄!···. (암전)

# 8장

라디오의 뉴스 방송.

무대 뒤에 시위대 영상~~

**라디오 소리** "국회내 '친공의원'을 규탄하는 시위대의 행렬이 연일 계
속되고 있습니다. 이른바 국민계몽협회가 주최하는 5, 6
백여 명의 시위대는 어제의 파고다공원 집회에 이어서,
오늘은 국회의사당 앞까지 진출하여 데모를 벌임으로써,
한동안 태평로 일대의 교통질서를 마비시키기도 했습니
다. 그리고 어제 있었던 파고다공원 집회에서는 진상조사
차 현장에 나갔던 김옥주(金沃周) 의원이 봉변을 당하였고,
유성갑(柳聖甲) 의원은 뭇매를 맞는 등 큰 불상사가 발생하
기도 하였습니다. 한편 관련기관 소식통에 따르면, 경찰청
과 군 수사기관에서는 이들 '남로당 프락치 사건'에 관한
모종의 비밀정보를 입수하고, 더욱 철저한 내사를 벌이고
있는 것으로 알려지고 있어 귀추가 주목됩니다…."

반민특위 사무실.

김상덕 위원장과 이 조사관 및 특경대장 등.

전화기를 들고 통화중인 이 조사관….

**이조사관** (다급하고 초조하게) 여보세요? 여긴 반민특위 사무실입니다.

우리 위원장께서 시경국장님과 통화를 원하시는데 부재
중이라구요? 아니, 어느 곳에 계신지도 모른다니, 그런 무
례하고 잘못된 경우가 어디 있습니까? 지금 현재 이곳 상
황이 심상치 않게 돌아가고 있다니까요, 글쎄….

**김상덕**　전화기, 줘봐요. 누가 받습니까?

**이조사관**　예- 최 아무갠가 하는 사찰과장입니다, 위원장님. 아무래
도 의도적으로 피하는 것 같은데요?

김상덕이 전화기를 받아들고, 동시에 최운하의 모습이 다른 쪽에
나타난다. 그는 이쑤시개를 한 손에 들고 이빨 사이를 후벼가면
서, 비스듬히 의자에 기댄 채 불손한 자세이다.
그러나 말솜씨는 공손하게….

**김상덕**　(받아들고) 나, 반민특위 위원장 김상덕 의원올시다. 김태선
시경국장님이 어디에 계십니까?

**최운하**　아- 예, 김상덕 위원장님! 지금 현재 청내에는 아니 계신
모양입니다요. 아무런 말씀도 아니 하고 그냥 나가셔서,
허허.

**김상덕**　사찰과장님? 어제 내가, 경찰 병력을 이곳에다 배치해 달
라고 분명히 요청했습니다. 만의 하나, 불상사에 대비하기
위해서 말요. 그 무슨 '국민계몽협회'인가 하는 시위대들
이 반민특위를 습격한다는 정보가 있어서 말요. 우리 특
위 사무실에 관한 경비를, 시경국장님께 의뢰했단 말씀입

니다. 내가, 특위 위원장 명의로 확실하게….

**최운하**  예, 물론 잘 알아 모시겠습니다. 그런데 아무런 지시 말씀
도 없이 출타하시는 바람에, 저희 아랫것들로선 생판 영
문도 모르는 금시초문입니다요, 위원장님.

**김상덕**  금시초문? 도대체 아무런 지시도 못 받았다 그 말씀이오?

**최운하**  그렇습니다, 특위 위원장님.

**김상덕**  그렇다면 본관의 말씀을 시경국장이 무시하고, 의도적으
로 묵살했다 그런 뜻입니까?

**최운하**  원- 천만에 말씀을! 어느 어르신의 말씀이라고 무엄하게,
감히 그럴 리가 있겠습니까요? 헤헤. 공무상으로 여러 가
지 바쁘시다 보니까, 아마도 총중에 깜빡깜빡 하고 망각
하셨는지도 모르는 일입지요.

**김상덕**  (화가 나서) 아니 뭐요? 총중에 깜빡깜빡… 그건 그렇다치고
한 가지 더 물어봅시다. 그 '국민계몽협회'란 것은 어디서
나타나서, 뜬금없이 무엇을 하는 유령단체입니까?

**최운하**  위원장님, 우리 경찰에서도 목하 조사중에 있습니다요.

**김상덕**  목하 조사중이라? 허허, 요런 부실한 인생들을 봤나! 그건
그렇고, 어서 속히 경찰대를 우리 사무실에 보내서, 특위
를 경비를 할 수 있도록 조치하세요.

**최운하**  특위 위원장님, 그 점은 불가능한 일이라고 사료됩니다.
저희들 민주경찰은 상부지시가 없으면 한 발짝도 나아가
거나 움직일 수가 없읍니다. 어르신께서도 잘 아시는
바 아니겠습니까? 이번 사태는 널리널리 해량(海諒)해 주

십시오, 위원장님! 저는 그럼… 심히 바빠서 이만! (무례하게 전화 끊는다)

**김상덕**  으흠!…. (전화기를 내려놓는다)

**특경대장**  위원장님, 내무장관에게 직접 통화하시는 것이 어떻겠습니까?

**김상덕**  내무부 장관은 현재 와병중 아닙니까? 출근도 제대로 못하고… 어쩔 수 없어요. 우리 특경대가 자체 경비를 서도록 합시다. 스스로 말야.

**이조사관**  40명 남짓한 특경대원을 가지고, 수백 명이 넘는 데모대를 제어할 수가 있겠습니까? 어려운 일입니다요, 위원장님.

**특경대장**  위원장님, 그렇습니다. 중과부적입니다!

**김상덕**  중과부적! 중과부적이라…. (암전)


다시 전화기를 들고 통화하는 최운하의 모습.


**최운하**  (거만하게) 예, 최운하 사찰과장입니다. 아-'국민계몽협회' 손빈 부회장님? 하하. 그래요, 나 최운하요. (위엄을 갖추고) 그래요, 그래. 요사이 손 부회장의 노고가 많소이다. 현재까지는 국민계몽협회가 잘- 활동하고 있어. 좋아요. 글쎄, 그렇다니까? 눈부시게 맹활약중. '베리 굿'이야, 베리 굿! 뒷배[背後]는 든든하게 우리가 버티고 있으니까 아무런 염려, 걱정일랑 붙들어매요. 이것도 다 하늘같이 높으신 존경하는 대통령님, 각하를 모시고, 애국자의 길 아닙니까?

하하. 그리고 말야. 맨날 파고다공원이나 국회의사당 앞에 서만 설칠 것이 아니고 바운더리를 넓혀요. 데모대 범위를 좀 더 크게, 크게 말야. 저쪽 남대문로와 을지로를 위시해서, 반민특위 본부가 있는 사무실까지 치고 나가요. 기왕지사 떨치고 나선 김이니까 '무조건항복' 받을 때까지 밀어붙이는 것이지, 머. 빨갱이 국회의원은 때려잡아야 한다니! 하하하. 그럼그럼, 좋다구. 멸공이다, 멸공…. (전화를 탁- 끊는다)

이때 정 기자 등장.
정 기자는 현 시국이 너무 어처구니가 없어 참지 못하고 최운하에게 따지려 한다.

정기자  안녕하십니까, 사찰과장님?
최운하  어서 오시오, 기자양반. 아니, 신문도 못 찍는 쭉정이 기자가 웬일입니까! 그 신문사는 발행정지 아닙니까?
정기자  신문 못 찍는다고 취재도 하지 말란 말입니까? 특위본부에, 지금 방금 가봤더니만 분위기가 어수선합니다.
최운하  왜요?
정기자  시위 데모대가 본부 사무실에 몰려올 것이라며 전전긍긍하고 있던데요?
최운하  (시큰둥하게) 겁먹을 짓을 했나보구먼.
정기자  과장님, '국민계몽협회'란 것 말입니다. 거- 가짜 유령단체 아닌가요? 관제(官製) 데모를 위해 어떤 기관에서 활동 자금을 후원하고, 일시적으로 급조해 낸….

**최운하**  에키, 여보시오! 누구 생사람 잡을 일 있소이까? 그런 엉터리, 황당한 얘기를 여기 와서 따지다니요. 허허. 당사자 찾아가서, 신문쟁이 기자가 직접적으로 물어보시구랴!

**정기자**  서울시경 사찰과에서 모른다면 누가 압니까? 담당 과장님이 그걸 모르고 있다면 그야말로 직무유기지요!

**최운하**  (싸늘하게) 여보 정 기자, 말씀 삼가해요! 대한민국 우리나라 헌법에는, 언론자유와 집회결사의 권리가 엄연히 보장돼 있어요. 그러니까 누구든지, 아무나 개나 말이나 송아지나 돼지나 단체를 만들어내고, 길거리에 모여서 큰 목소리 낼 수도 있는 것 아닙니까? 허허. (사이. 눈치를 보며) 하기사 세상살이가 조금은 뒤숭숭하죠, 정 기자님?

**정기자**  까마귀 날자 배 떨어진다고, 우익 반공주의자들로선 물실호기 아닌가요? 반공이다, 멸공이다 하고, 목청껏 떠들어대면서 말입니다.

**최운하**  (능청스럽게) 에이, 쯧쯧! 그런 이바구는 듣기에 불쾌하고 고약하다! 안 그래요, 정 기자님?

**정기자**  아니, 뭐가 말입니까! 같은 동료 국회의원의 '석방결의안'에다가 찬성표를 던졌다고 해서, 빨갱이 공산당이라고 성토대회를 한다니 그게 말이나 됩니까? 찬성표를 던진 국회의원이 88명입니다!

**최운하**  우리 경찰관 입장에서는, 현재 구속중에 있는 이문원(李文

源)과 최태규(崔泰奎), 이귀수(李龜洙) 씨 등 국회의원 3인은 '남로당 프락치'가 확실합니다!

**정기자** 그 소장파 젊은 국회의원들이 곧바로 반민특위를 지지하고, 적극 활동했던 인사들 아닌가요?

**최운하** 그래서 반민특위를 곱지 않은 시선으로 바라보는 사람들도 많아요!

**정기자** 그건 또 무슨 말씀입니까! 그렇다면 과장님 생각은, 반민특위가 무슨 '친공집단'이라도 된다는 의미인가요?

**최운하** 원, 천만에! 큰일 날 소리를, 하하하. (홍소) 우리끼리는 다투지 마십시다. 그대는 신문기자이고, 난 경찰 수사관 아닙니까? (담배를 한 대 피워 물고 홀린 듯이) 학교에서 조금 배운 것들이라는 게 무엇이 중요한지를 잘 몰라요. 기자양반, 나의 생각도 들어봐요. 대한민국이 어떻게 세워진 나라입니까! 새 나라의 새 아침입니다. 그러므로 국가사회의 안녕질서, 곧 치안유지가 초미의 급선무이고 공산당을 타도하는 일입니다. 지금 현재 누가 있어 중차대한 그 일을 담당하고 있습니까? 우리나라의 경찰관들입니다. 새나라 대한민국의 영원한 영도자이며, 한없이 존경하고 존경하옵는 국부(國父) 이승만 박사님! 이승만 대통령 할아버지를 모시고, 우리네 치안경찰이 그 막중한 국사를 똘똘 뭉쳐서 수행하고 있습니다. 그런데두 저- 반민특위는 똥인지 된장인지도 모르고, 검은 손길을 민주경찰한테 뻗치고 있어요. 그렇다면 호시탐탐 깨춤 추고 좋아할 자 누구이겠습니까! 38선 너머 북한 공산주의자밖에 더 있겠소? 콱- 숨통이 막히고 억장 무너지고 큰 사단이 일어날 일입니다. 그놈의 공산당 빨갱이를 때려잡고 새 나라 건설하자는 데 왜들 이러십니까요, 엉?

**정기자**  (분노하여) 뭣이라구요. 아니, 그따위 엉터리 궤변이 어디 있습니까? 최 과장님, 정신 차리십시오. 정신 차려요, 제발!….

이때 한쪽에서, "공산당을 때려잡자!" "빨갱이 국회의원을 색출해라!" "공산당을 때려잡자" 등 데모 행렬이 크게 지나간다.
최운하는 시위대의 소리에 미소를 머금고 정 기자를 향해,

**최운하**  (보란듯이) 허허! 애국시민들께서 왜 저렇게 데모를 하시나?…. (퇴장)

정 기자, 두 주먹을 마주치며 머리를 떨구고 절망한다.
이윽고, 무대 한쪽에서 아내가 뜨개질감을 한손에 들고 등장.

**아 내**  … (물끄러미 지켜보며) 피곤하고 배고프시죠?
**정기자**  으응. 이곳저곳 돌아다니다 보니까 식사도 걸렀어요. 당신은 저녁 먹었소?
**아 내**  예, 먼저요. 당신 기다리다가….
**정기자**  그럼, 나를 기다릴 것까지 없어. 뱃속에 있는 태아를 위해

서라도 양껏 먹어둬요. 우리 아가 건강하고 튼튼하게.

**아 내**   (뜨개질을 펴보이며) 이 색깔 예쁘죠? 빨강색. 우리 아가, 겨울 모자예요. 벙어리장갑도 이쁘게 뜰 거예요.

**정기자**   참- 예쁘고, 앙증맞다. (손가락을 꼽으며) 굿, 베리 굿! 자나깨나, 그대는 애기 생각뿐이구나. 와이프, 고마워요! 허허.

**아 내**   뒤숭숭하게, 세상이 왜 이렇게 시끄럽지요? 현직 국회의원이 데모대에게 폭행을 당하고, '남로당 프락치 사건'은 또 뭐예요?

**정기자**   이것저것 죄다 알 것 없어. 사랑하는 그대는 귀 막고 살아요.

**아 내**   집안에 틀어박혀 있는 아녀자라고, 세상사 돌아가는 것 몰라도 돼요?

**정기자**   허허, 그런 말뜻이 아니고… (짐짓) 나의 지극히 사랑하는 마누라와 우리의 귀여운 아가는 혼탁한 세상에서 멀리 떨어져 있어야 한다는 거요! 요렇게 시끄럽고 추잡하고, 너덜너덜한 세상사에 물들지 않게끔 말야.

**아 내**   고양이가 쥐 생각하고 계시네요! 호호. 그건 그렇고, 신문사가 정간처분을 받아서 어떻게 하죠?

**정기자**   얼마 아니면 정부에서 풀어주겠지, 머. 서울의 신문 통신사 편집국장 모임인 '담수회'에서도 정간조치 재고를 요청하는 품의서를 경무대에 올렸어요. 그리고 중앙청 출입기자단과 유엔한국위원단 기자모임도 대통령한테 건의서를 제출하고, 또 반민특위에 출입하는 우리 기자단에서도 성명서를 발표하고 그랬으니까….

**아　내**　이 대통령한테 미운털이 박혔던 모양이죠?

**정기자**　미운털이라니, 무슨? 우리는 언론의 정도를 걸어가고 있을 뿐이에요. 자기네 입맛과 비윗장에 안 맞는다고, 글쎄 이건 언론탄압이에요. 무슨 놈의, '정부의 위신을 실추케 하고, 사회의 안녕질서를 문란케 하였으며, 정부와 민간을 이간시킨다'는 등등, 씨알도 안 먹히고 가당찮은 이유를 붙여가지고는 말야. 흐음- 삐딱하게 세상이 잘못 돌아가고 있다니까!

**아　내**　그나저나, 나랑 애기 걱정은 말고 당신이나 몸조심 잘해요.

**정기자**　고마워요, 그래. 그런데, 여보? (짐짓 진지하게) 당신 참, 태교(胎敎)라는 말 들어봤어? 그 엄마가 태교를 잘해야만 훌륭한 애기가 출생한단 말야.

**아　내**　뜬금없이 무슨 객쩍은 소리예요? 태교를 모르는 여자가 어디 있어요?

**정기자**　진짜? 그러면 당신이 얘기해 봐요. 태교가 뭐야?

**아　내**　호호.

**정기자**　말해 봐, 태교가 뭔데?

**아　내**　호호호….

**정기자**　모르지?

**아　내**　그만둬요! 그렇다면 당신님이 애기를 낳도록 하시지?

**정기자**　여보, 말요. 내가 신문사 도서실에 가서, 남들 몰래 태교에 관한 책을 찾아봤다는 것 아냐?

**아 내**   참- 기가 막혀서, 호호. 평소에 당신답지 않구료. 언제는 눈코 뜰 새 없이 바쁘다면서 야단치고. 야간 통금 시간 때까지 술독에 찌들어 사는 신문기자가 언제부터 말입니까?

**정기자**   왜 이래요? 장차 미래에, 한 아이의 아버지로서 나도 자기 할일은 한다니까 그러네! 자- 잘 들어봐요, 똑똑히? (아내의 두 팔을 잡고, 또박또박) 평소에 화 내지 말고 옷을 두껍게 입지 말라. 무거운 짐을 들고 높은 곳에는 오르지 마라. 자기보다 높은 곳에 있는 물건은 손 대지 말고, 잠을 많이 자지도 말며 위험한 곳을 나다니지 말라. 참혹하고 나쁜 것은 절대로 바라보지 않는다. 애기 엄마는 편안히 앉아서 성현의 말씀을 언제나 암송한다. 시를 읽고, 붓글씨를 쓰고, 아름다운 음악을 뱃속의 아가 와 더불어서 고요히 함께 들어야 하느니라….

**아 내**   … 애기의 엄마는 마음을 편안하게 가지고, 올바르게 바라보며 정견(正見), 올바르게 생각하고 정사(正思), 올바르게

71

말하고 정어(正語), 올바르게 행동한다, 정업(正業). 네 가지
의 이 같은 마음가짐이야말로 중요하고도 중요할지니, 반
드시 꼭, 꼭꼭- 반드시 명심할지어다! (그의 가슴에 다소곳이
안긴다. 암전)


## 9장


**데모행렬** "반민특위는 빨갱이 집단이다." "반민특위는 공산당 앞잡
이다."
"반민특위는 즉시 해산하라!" "공산당 앞잡이 특위를 해체
하라."
"반공만이 살길이다, 공산당을 몰아내자!…"


반민특위 본부 사무실
김 위원장과 이 조사관, 특경대장 등


**김상덕** (당황하고 불안하여) 이런 난감할 데가 있나! 서울시경에서는
아무 연락도 없습니까? 요럴 때 치안경찰은 뭣을 하는 겁
니까, 엉? 요것은 불법이에요, 불법시위행동!
**특경대장** 경찰관들은 한 사람도 눈에 띄지 않습니다, 위원장님.
**김상덕** 데모 군중이 얼마나 됩니까?
**특경대장** 실히 5, 6백 명도 넘습니다.

**김상덕**　　특경대장, 저- 시위대를 해산시킬 방법이 없습니까?

**특경대장**　위원장님, 특경대원 숫자만으로는 어렵습니다. 우리 대원은 겨우 40여 명에 불과하고, 치안유지를 목적으로 하는 특경대원이 아닙니다. 그리고 저들은 과격한 구호를 외쳐대고 있습니다. '특위는 공산당 집단이다', '반민특위를 즉시 해체하라' 등등.

**김상덕**　　쯧쯧쯧. 정신머리들이 나갔구먼!

'쨍그렁!' 사무실 유리창이 돌팔매에 깨지는 소리와 함께 스피커 소리.
"노덕술을 석방하라!" "노덕술은 공산당을 때려잡는 애국자이다!"
"애국자 노덕술을 석방하라!" 등등
'짝짝 짝-' 박수와 함성 소리….
이때, 이 조사관과 정 기자 총총히 등장.

**이조사관**　위원장님! 저 시위대는 전부 가짜입니다!

**김상덕**　　그게 무슨 말이오, 가짜라니?

**정기자**　　최운하를 비롯한 서울시경 경찰들이 배후가 돼서 시위대를 조종하고 있답니다. (서류를 내민다) 자, 여기. 데모대를 보호하라는 서울시경의 지침서류입니다.

김상덕, 서류를 받아 읽으며 분노하며 얼굴이 붉어진다.

김상덕   이런 나쁜 인간들! 아니, 서울시경에 근무하는 경찰 간부들이 감히 이와 같은 해괴망측한 짓거리를 해요? 허허, 천인(天人)이 공노할 일. (단호히) 특경대장!

특경대장  (차렷 자세) 예, 위원장님.

동시에 유리창이 깨지고 또 함성 소리….
"공산당 빨갱이와 싸우는 애국자를 잡아간 반미특위는 공산당 집단이다!"
"애국자 노덕술을 당장에 석방해라." "석방하라, 석방하라!"

김상덕   지금 당장에, 데모대를 강제해산 시켜요! 시위 군중이 말을 듣지 않으면, 공중에다 대고 공포탄을 쏴서라도….

특경대장  알겠습니다. 예에! (권총을 빼들고 퇴장)

김상덕   그러고 이 조사관은 관련 당사자를 모두 연행하고, 즉각 구속시키도록 해요. 그자가 어느 누구이든지, 지휘고하를 막론하고 말야!

'탕, 탕, 탕!' 총소리 울리고, 호루라기 소리 및 데모대의 혼란과 함성소리 요란하다.
특경대원들이 최운하를 필두로 서너 명을 검거해서 압송하고 있다.
최운하는 눈 하나 깜짝 않고 당당한 모습이다.
그들 무대를 가로질러 퇴장한다. (퇴장)

전투복 차림의 중부경찰서장 윤기병과 종로서장 윤명운, 보안과장 이계무 등.

다른 쪽에는 김태선 시경국장 등장. 모두 그를 향하여 엄숙히 '차렷 경례!'….

윤기병이 전화기를 들고 김태선에게 통화한다.


**김태선**     도대체 어떻게 돌아가는 거야!

**윤기병**     경찰국장님, 긴급보고 말씀을 올립니다. 현재 시경 산하, 사찰과 경찰관 150명 전원이 '집단 사직서'를 제출하였습니다. 일제히….

**김태선**     뭣이라구? 150명 전원이 '집단 사직서'? 그것은 항명행위야. 항명행동은 절대로 용납 안 돼! '집단사표'는 불가능한 일이에요.

**윤기병**     국장님, 아뢰옵기 황송하오나 분통 터져서 못살겠습니다. 우리네 서울시 경찰들은 힘도 없는 바지저고리란 말씀입니까! 반민특위 이 새끼들이 애국자 노덕술 선생을 잡아가더니만, 요번에는 또 사찰과장 최운하와 종로서의 사찰주임 조응선(趙應善), 그리고 민간인 신분으로 '국민계몽협회'의 김정한 회장 외 1인 등 4명을 불법적으로 체포 구속한 것입니다. 바야흐로 특경대는 불법행위를 자행하고 있습니다. 평화적인 시위대를 마구잡이로 탄압하고, 현직 경찰관을 불법적으로 체포 구금하는 등등. 아니 글쎄, 특경대가 뭣인데 경찰관들을 못살게 하고 나옵니까요? 이런

75

사태 속에서, 저희들이 어찌 사직서를 제출하지 않을 수 있겠습니까?

**김태선**  으흠, 잘들 날뛴다! 잘들 놀아요, 빨갱이 새끼들!

**윤기병**  시경국장님께서 명령을 내려주십시오. 소정의 적절한 조치를 모두 취할 수 있도록 말입니다.

**김태선**  그래요. 본관 역시, 특단의 조치가 절실하고 필요하다는 생각입니다. 만부득이, 불가피한 실력행사를 하는 수밖에.

**윤기병**  존경하는 국장님. 우리 민주경찰이 특경대를 무장해제 시키고 해체할 수 있도록 하명(下命)을 거두어 주십시오!

**김태선**  좋아, 그렇게 합시다. 차후에 발생할 모든 사태에 대한 책임은 본관에게 귀속합니다. 지금부터 불법적 행위를 일삼는 특위위원을 일망타진, 모두 잡아들이고, 새 나라 국가사회의 치안과 혼란을 바로잡도록 하시오! (암전)

**윤기병**  (모두) 타도하자, 공산당! 멸공, 멸공!… (사이) 지금부터 서울시 경찰은 특경대의 무장해제를 위해서 실력행사에 들어간다. 경찰관들은 출동준비를 위해 완전무장하고 대기하라. 작전시각은 명 6월 6일자 오전 7시. 그리고 각 도에 있는 반민특위 지부의 전화선을 절단하여 연락망을 두절시키고, 특히 경기도의 특위지부는 그 사무실을 완전봉쇄한다. (큰소리) 출동! 출동을 명령한다. 작전개시!….

무대 안쪽에 '부르릉—' 자동차의 시동소리 요란하고, 헤드라이트 불빛이 눈부시게 발사된다.

잠시 동안 일대 혼란과 아수라장….

**윤기병** (목소리) 저- 공산당 새끼들, 조져버려! 물샐 틈 없이, 닥치는 대로 연행하라! 본부 사무실에 아침 출근하는 자는 개미새끼 한 마리 놓치지 말고….

이승만 대통령 서서히 등장, AP기자와 인터뷰.

**이승만** 사실을 말씀하자면, 특경대 해산은 내가 곧바로 명령한 것입네다. 나는 국회에 대해서, 특위가 기소할 혐의가 있는 자의 명부를 작성해 줄 것을 요청했습네다. 그 명부 속에는 백 명의 이름이 오르든지, 천 명의 이름이 오르든지 상관하지 않습네다. 다만 그쪽에서 이 같은 명부를 정부에 제출해 주면, 관련자 모두를 체포하여 한꺼번에 사태를 해결할 생각입네다. 내가 사랑하는 모든 국민은 나 대통령 이승만을 깊이 신뢰하고 믿으면 됩네다. 우리 정부쪽에 반민자들의 명부를 제시해 주기만 하면, 그 숫자가 아무리 많아서 천 명이든 백 명이든지, 한꺼번에 모조리 엄밀하게 조사 체포해 가지고, 잘 처리해 나아갈 작정이라는 뜻입네다. 오늘의 사태는 민족을 분열시키고 국력을 낭비하는 것입네다. 나를 믿으십시오! 나 대통령 이승만을 믿어주십시오. 뭉치면 하나지만 흩어지면 3천만입네다. 나를 믿고 따라와 주십시오. 친애하는 국민 여러분,

뭉치면 살고 흩어지면 죽습니다. 내가 대통령 이승만입네다!…. (암전)


## 10장

시민1. 2. 3, 다시 신문 한 장씩 들고 나타난다.


**시민1** 「경향신문」은 1949년 6월 6일, 노덕술의 체포 이후 위기감을 느낀 친일경찰에 의한 반민특위 습격사건을 소위 '6.6사건'이라고 불렀습니다. 이게 바로 그 이틀 후 실린 신문기사예요.

**시민2** 그날 아침에 난리가 났었지, 안개가 짙게 낀 새벽에 특위본부는 아수라장으로 쑥대밭이 됐잖아요. 특경요원 35명이 평상시처럼 출근했다가 무장경찰한테 영문도 모른 채 끌려가고, 특위 검찰관 대장을 겸임하고 있던 검찰총장이 권총 빼앗기고 콘크리트 바닥에 무릎까지 꿇리는 수모를 당했어요.

**시민3** 뭐야, 에잇! 아무리 그래도 그렇지. 검찰총장님이 경찰한테 무릎을 꿇어?

**시민2** 허허, 참말이라니까! 시방 서울 장안에 소문이 쫙- 퍼졌습니다.

**시민1** (신문을 가리키며) 그나저나 초대 대통령 우리 이승만 박사께서는 왜 그 같은 행동을 하셨을꼬, 잉? 당신님이 찬성하고 설치한 반민특위를, 요렇코롬 헌신짝 버리듯이 가래침을 내뱉고 말여.

**시민2** 누가, 아니래? 그게 다 여우같은 늙은이 이 박사의 악착같은 권력놀음이에요. 이승만 박사의 권력기반이란 게 애시당초 첫 출발부터가 외세(外勢)! 즉, 미국 사람 양키와 친일파들, 요 양대 세력한테 깊게 뿌리박고 있기 때문이야!

영상 - (글자) 경찰관 최난수와 홍택희는 '살인예비죄 및 폭발물 취체법' 위반죄가 적용되어 각각 징역 2년의 실형이 선고되었다. 그러나 노덕술과 박경림에게는 증거불충분을 이유로 무죄가 선고되었고, 능구렁이가 흙담을 넘어가듯 흐지부지 일단락되고 말았다. 역사의 미궁(迷宮) 짙은 안개 속으로….

**시민1** (신문을 펼치며) 그나저나 '6.6사건' 그날에, 경찰서로 끌려간 특경대원들은 모질게 당했을 게야!

**시민2** 물론이고말고. 일정 때 순사 시절에 익히고 배운 '고문기술자들'인데 오죽했겠어요? 불문가지여.

**시민1** '6.6사건' 이후 반민특위는 힘을 잃어버렸고, 친일청산이라는 역사적 과제는 물 건너 간 것이어. 쯧쯧쯧….

**시민2** 국회의원 김상덕 씨도 특위위원장 자리를 사퇴하게 되었고, 다시금 친일파들이 활개치는 세상이 된 것이지!

**시민3** 그렇다면 앞으로는, 친일파 색출과 청산은 안 하는 거야?

**시민1·2**  안 하기는? 끝까지 파헤쳐야지! 뿌리를 싹 죄다 뽑아버려야 혀! (두 사람, 신문지로 시민3의 머리를 때린다. 암전)

영상 – 서대문 〈독립기념관〉이 보관하고 있는 갖가지 고문기구들. 희미한 어둠 속에 코러스의 여러 가지 고문 장면이 펼쳐진다. 마치 무당 집 방안에서 보듯이, 천장에 대롱대롱 매달려 있는 울긋불긋한 헝겊조각의 인형들. 피범벅이 된 고문인형 20여 개가 차례로 하나씩 툭 툭– 떨어진다.

정 기자는 그들을 따라가면서 이리저리 올려다보며 소리친다.

**정기자**  주전자 째로 뱃가죽이 남산(南山)만큼 부풀어 오르게 맹물이나 고춧가루 탄 찬물을 쏟아 붓는 물고문. 다섯 손가락 사이에 막대기를 끼워 넣고 손가락 비틀기. 쇠가죽으로 채찍질하고, 주리를 틀고, 미제 빠따 몽둥이로 무차별 난타하기. 화젓가락으로 살가죽을 태우는 불고문. 여자를 홀라당 벗겨놓고 알몸인 채로 가하는 성고문. 꽁꽁 뒷짐으로 묶여서 결박당한 채 시계불알처럼 천장에 매달아놓고 비행기 태우는 공중전. 종이노끈으로 남자의 자지 구멍에 심지를 박아넣고, 열 손가락 손톱 밑에다가 쇠바늘 쑤셔대고, 사흘이고 나흘 동안이고 잠을 안 재우기. 칠성판에 묶어놓고 생똥 싸게 하는 전기고문. 물에 불린 가죽끈으로 몸뚱이를 칭칭 감아서, 뜨거운 햇볕 속이나 난롯가에 갖다놓고 사람 말리기. 사람의 팔뚝 관절을 뽑아서 흔들흔들 흔들어대기. 생사람을 관속에 집어넣고 그 뚜껑에다 못질을 하는 벽관(壁棺)!… (인형들 사이에서 절망하고 절규하며 무릎 꿇는다) 여보, 여보! 나의 사랑하는 마누라와 태어날 애기는 혼탁한 세상에서 멀리멀리 떨어져 있어야 한다니. 요렇게 추잡하고 시끄럽고 너덜너덜한 세상사에 물들지 않게끔 말요.

만삭의 아내가 왼쪽에서 등장하여, 무대를 가로질러 주춤주춤 힘들게 지나간다.

**아 내**  (무심한 듯) 여보, 여보! '유' 당신님 거기서 뭣을 해요? 또 술 마셨어요? 술 좀 작작 마셔요. 얼마 아니면 우리 아가가 세상에 태어나, 고고(呱呱)의 울음소리를 터뜨릴 텐데. (불룩한 배를 어루만지며) 아가야, 너는 아빠 같은 험한 세상에서 살아가지 마라! 귀엽고 이쁜 우리 아가야, 응?….

**정기자**  ….

한 소녀의 청아하고 앳된 '동요'(童謠)가 온 무대에 울려 퍼진다.

**(노래)**  "태극기가 바람에 펄럭입니다/
하늘 높이 펄럭입니다…
새나라의 어린이는 일찍 일어납니다/
잠꾸러기 없는 나라 우리나라 좋은 나라//

(반복) 새나라의 어린이는 일찍 일어납니다
태극가가 바람에 펄럭입니다… (어둠 속에서)

서서히 막 내린다.

끝.

# 참고도서 및 논문자료

- 김도현, 「李承晩 路線의 재검토」(『해방전후사의 인식』 한길사, 1980)
- 김삼웅 外, 『반민특위 발족에서 와해까지』(가람기획, 1995)
- 김재명, '반민특위' 파괴공작의 全貌 (잡지 논문)
  _____, 『한국현대사의 비극』(도서출판 선인, 2003)
- 김홍우, '제헌국회에 있어서의 정부형태론 논의 연구'(서울대, 인터넷)
- 박원순, '2차대전 후의 프랑스의 부역자 처벌 연구'(인터넷~ )
- 박한용, '친일잔재 옹호하는 10가지 '궤변'들'(민족문제연구소, 2002)
- 서영준, '반민특위'의 활동에 관한 연구(서울대 정치학 석사논문, 1988)
- 안진, '盧德述'-친일 고문경찰의 대명사(반민족문제연구소)
- 오성진, 「이승만 정권의 정치충원에 관한 연구」(연세대 정치학석사, 1985)
- 오익환, 「반민특위의 활동과 와해」(『해방전후사의 인식』 한길사, 1980)
- 이강수, 『반민특위연구』(나남출판, 2003)
- 이용국, 「해방후 반민특위의 실패원인 연구」(민족문제연구소 인터넷)
- 임종국, 『親日文學論』(평화출판사, 1966)
  _____, 「日帝 高等係 刑事」(잡지 논문)
  _____, 「일제 말 親日群像의 실태」(『해방전후사의 인식』 한길사, 1980)
  _____, 『신록 친일파』(반민족문제연구소 엮음, 돌베개, 1991)
- 주섭일, 『프랑스의 대숙청』(중심, 1999)
  _____, 『프랑스의 나치협력자 청산』(사회와 연대, 2004)
- 정운현, 「친일파 연구의 현황과 과제」(한국정신문화연구원 발표논문, 1998)
  _____, 『증언 반민특위- 잃어버린 기억의 보고서』(삼인, 1999)
  _____, 『나는 황국신민이로소이다』(개마고원, 1999)

- 한홍구, 『대한민국 '史' 1』(한겨레신문사, 2003)
- 허  종, 『반민특위의 조직과 활동』(도서출판 선인, 2003)
- 민족문제연구소, 『친일파란 무엇인가』(아세아문화사, 1997)
- 한국정신문화연구원, 「내가 겪은 해방과 분단」(도서출판 선인, 2001)

# 역사적 아이러니의 〈반민특위〉

서연호 (고려대 명예교수)

　　반민특위는 '반민족행위특별조사위원회'의 약칭이다. 1948년 8월 15일에 대한민국정부의 수립 선포가 있기 전, 5월 31일에 제헌국회의 개원이 있었다. 국회에서 서둘러 제정된 것이 9월 7일의 '반민족행위처벌법'이고, 이 법의 실행을 위해 국회의원 10인의 반민특위·특별검찰부·특별재판부 등이 설치되었다. 공소시효는 1950년 9월까지였다. 반민특위는 일제강점기에 악질적인 반민족행위를 자행한 것으로 혐의자 680명을 2년 동안 조사했다. 그러나 정부 수립 이전의 미군정청은 이들 친일파의 상당수를 채용하여 군정을 이끌었으므로 처벌에 반대했고, 이승만 대통령은 일제시의 친일파 관료들을, 특히 치안경찰 관직에다 다시 중용하고 있었으므로 그들의 처벌을 탐탁하게 여기지 않았다.

　　1949년 6월에 반민특위는 친일파 혐의의 경찰간부들을 조사하기 시작했는데, 이에 반발해서 경찰조직은 반민특위의 사무실을 '습격', 특경대원들을 불법 연행하는 등 특위 활동을 노골적으로 방해하였고, 뒤를 이어 특위 관련 국회의원들에게 '공산당 프락치'라는 명목의 경찰 구속사태가 벌어지기도 했다.

극작가 노경식의 「반민특위」는 이런 역사적 사건을 배경으로 창작되어 우리를 주목하게 한다. 이 작품에 등장하는 반민특위 위원장 김상덕, 일제 때의 고등경찰 출신으로 수도경찰청 수사과장을 역임한 노덕술, 그리고 이승만 대통령은 이 사건에 내포된 갈등의 정점을 이루고 있다. 또한 지난날 일제의 비밀경찰로서 김구 선생의 체포조로 활동했던 서울시경 수사과의 홍택희와 여운형 선생 집에 폭탄을 던졌던 백민태는 국회프락치사건의 조작 과정을 함께 모의한다. 이렇게 단계별로 사태의 진행을 사실적으로 추구해 나가는 점에서 이 작품은 서사극 형식의 일종의 기록극적인 성격이 짙다.

여기서 이야기의 해설은 신문사의 정(鄭) 기자가 담당한다. 정 기자는 해설뿐만 아니라 그 아내와 함께 '동시대 젊은 세대의 시대적 고뇌'를 극중극으로 보여준다. 일찍이 현진건은 단편소설 「술 권하는 사회」를 창작하여 일제강점기의 엄혹한 사회 시대상을 은유한 바 있었는데, 정 기자 부부도 광복 이후의 우리들 현실에서 상기도 여전히 '술 권하는 사회'에서 벗어나지 못하고 있음을 개탄한다. 말하자면, 이들 부부는 동시대를 투시하는 관찰자의 역할을 하고 있는 셈이다.

실제로 당시 특별재판부는 겨우 7인에게 실형, 집행유예 5인, 공민권정지 18인을 처벌했고, 선고를 받은 7인은 이듬해 재심청구로 모두 풀려났다. 법적으로 우리 사회에 친일파는 더 이상 존재하지 않는 것일까? 이 작품은 이런저런 이야기로 끝나지 않는다. 노경식은 반민특위를 다루고 있지만, 21세기 '오늘날의 한국사회'를 주시하고 있다. 정 기자의 아내는 새로 태어나는 자식에게 "아가야, 너는 아빠 같은 험한 세상에서 살아가지 마라!"라고 말한다. 한편, 이승만 대통령은 "오늘의 사태는 민족을 분열시키고 국력을 낭비하는 것입네다. 나를 믿으십시오! 나 이승만을 믿고, 국민 여러분은 잘 따라와 주십시오!"라고 국민을 고집스럽게 설득한다. 이 극작품은 매우 희귀한 정치풍작극으로서, '오늘날의 우리 삶과 역사적 현실'을 한번쯤 되돌아보고 성찰하게 한다. (2017.07.05)

# 한국 리얼리즘연극의 대표작가

유민영(연극사학자)

우리 희곡사나 연극사를 되돌아보면, 대략 10년 주기로 주역들이 바뀌고 따라서 역사도 변해왔다는 점을 발견하게 된다. 1930년대의 유치진을 시작으로 하여 1940년대의 함세덕 오영진, 1950년대의 차범석 하유상, 그리고 1960년대의 노경식, 이재현, 윤조병, 윤대성 등으로 이어지는 정통극, 이를테면 리얼리즘 희곡의 맥이 형성되었음을 알 수 있겠다. 그렇게 볼 때, 노경식이야말로 제4세대의 적자(嫡子)로서 우뚝 서는 대표적 극작가라고 평가하지 않을 수 없다.

노경식의 데뷔작 「철새」(1965)에서부터 초기의 단막물 「반달」(月出)과 「격랑」(激浪)에서 보면 그는 대도시의 뿌리 뽑힌 서민들이나 6.25전쟁의 짓밟힌 연약한 인간군상을 묘사함으로써, 그의 첫 번째 주제는 중심사회에서 밀려나 초라하게 살아가는 민초에 대한 연민과, 따뜻한 그의 인간애가 작품 속에 듬뿍 넘쳐난다. 두 번째는 역사에 대한 성찰이라고 할 수 있겠는데, 권력층의 무능과 부패로 인한 민초들의 고초와 역경을 묘사한 작품군(群)이다. 그의 작품들 중 대종을 이루고 있는 사극의 시대배경은 삼국시대부터 고려시대, 조선시대, 그리고 근현대까지 광범위하다. 삼국시대에는 주로 설화를 배경으로 서정적 작품을 썼고, 조선시대부터 정치권력의 무능에 포커스를 맞추더니 근대 이후로는 민초들의 저항을 작품기조로 삼기 시작했다. 그러한 기조는 현대의 동족상잔과 군사독재 비판으로까지 확대되었다. 세 번째로는 고승들의 인생과 심원한 불교의 힘에 따른 국난극복의 과정을 리얼하게 묘파한「두 영웅」(2007, 2016)과 같은 작품들이다. 네 번째로는 그의 장기(長技)라 할 애향심과 토속주의라고 말할 수가 있을 것이다. 「달집」(1971)「소작지」(1979)「정읍사」(1982) 등으로 대표되는 그의 로컬리즘은 짙은 향토애와 함께 남도의 서정이 묻어나는 구수한 방언이 질펀하게 드러난다.

그러나 무엇보다도 그가 돋보이는 부분은 리얼리즘이라는 일관된 문학사조를 견지하고 있다는 분명한 사실이다. 대부분의 많은 작가들은 시대가 바뀌고 감각이 변하면 그에 편승해서 작품기조를 칠면조처럼 바꾸는 것이 상례이다. 그러나 노경식은 우직할 정도로 자신이 신봉해 온 리얼리즘을 금과옥조처럼 고수하고 있는 것이다. 물론 그 역시 뮤지컬 드라마「징게맹개 너른들」(1994)에서 외도한 것처럼 보였지만 그 작품도 자세히 살펴보면 묘사방식은 지극히 사실적임을 알 수가 있다. 그가 우리나라 희곡계의 제4세대의 대표주자로서 군림하고 있는 이유도 바로 그런 고집스런 작가정신에 따른 것이라고 말할 수 있겠다.

(『노경식희곡집』 제6권 유민영「노경식 작가론」에서 인용)

# '庚戌國恥'(경술국치)를 아십니까

또 한 번 '재미없는 연극'을 창작한 셈이다.

허나 본인의 작가적 능력과 사상 탓이니 이를 어찌하랴! 요즘 표현대로 대학로의 신나고 재미나고 즐거운 연극 따위는 다른 극작가와 유능한 극단에게 맡겨두고 나는 나름대로 기다리고 바라볼 수밖에.

어제 2005년 8월 89일은 '경술국치일'의 95년째 되는 날!

그러니까 20세기의 초엽 1910년 경술년에 우리나라 대한제국이 '한일합병' 문서에 강제 조인한 날로, 나라와 국권을 강도 일제에게 송두리째 빼앗기고 백성의 욕됨과 나라의 부끄러움이 극에 달하였던 치욕의 그날이다. 그 상채기와 욕됨과 수치가 지난 1백년 세월에도 아직은 가시지 않은 채, 어제는 민족문제연구소가 오는 2007년에 펴낼 『친일인명사전』에 수록할 '친일반민족행위자' 3090명을 일차로 발표한다고 해서 설왕설래 뒤숭숭하였다. 지난 반세기도 훨씬 전 1949년의 '반민특위 시절'에 우리의 선대 어르신들이 일제잔재 청산과 역사 바로세우기를 제대로 했더라면, 오늘날의 이 같은 사회적 혼란과 시대적 퇴영과 역사왜곡은 어느 정도 막아낼 수도 있었을 텐데… 어쨌거나 역사와 국민 앞에 한스럽고 부끄럽고 죄송할 뿐이다.

이번 작품 「반민특위」는 2002년도에 공연된 바 있는 「찬란한 슬픔」(극단고향/ 박용기 연출) 이후 나로선 3년 만의 작업이다. 그동안 4년여에 걸쳐서 이 작품을 위해 제반 자료를 조사 섭렵하고 집필한 셈이다. 그리고 내가 믿고 언제나 바라마지 않는, 성질은 고약(?)하지만… 연극연출가 정일성씨 및 극단미학과 출연자 스텝진 모든 분에게 감사하는 마음이 크며, 훌륭한 연극적 성과가 드러나기를 많이 기대한다.

이 작품의 집필에는 많은 공부와 은혜를 입은 훌륭한 저작들이 많았다. 아래에 그 저술들을 일일이 밝히고 깊이 감사드리면서, 모쪼록 '痛恨의 실패한 역사'를 교훈 삼고 새롭게 알아보기 위해서라도 지대한 관심과 성원으로써 우리네 극장을 찾아주시기를 바라는 마음 간절하다.

# 연극작가 노경식, 언제나 인생은 '젊은 연극제'

극작가 노경식(盧炅植, 79)에게 전화를 걸어 이렇게 말했다.

"어떤 얘기든지 들려주세요."

극작가란 무언가. 연출가에게는 무한대의 상상력을, 배우에게는 몰입으로 안내하는 지침서를 만들어주어 관객에게 의미를 전달하는 자가 아닌가? 그래서 달리 어떤 것도 요구하지 않았다. 그저 인생 후배로서 한평생 외길만을 걸어온 노장의 이야기를 직접 들어보고 싶었다. 무대 위 모노드라마를 관람하듯 말이다.

자, 그럼 이제 커튼을 열어 이야기보따리를 풀어봐 주시겠습니까?

### 노경식 희곡집 1권 「달집」을 꺼내 들다

인터뷰에 나가기 전 서재에서 책 하나를 찾아냈다. 노경식의 첫 희곡집 「달집」이었다. 노경식 작가와도 가까웠던, 지금은 고인이 된 은사에게 2004년 초판을 선물로 받았다. 책을 받고 13년 만에 일종의 필자 사인회를 거행(?)한 것. 1965년 서울신문 신춘문예 「철새」로 당선된 걸 생각하면 한참 시간이 흘러 희곡집을 발간했다.

"내가 책을 늦게 냈거든. 그래도 지금까지 7권이나 나왔어요. 희곡은 한 40편 되는 것 같아. 그중에 5편 정도 빼고는 다 공연을 했습니다."

전북 남원 출신인 노경식 작가는 경희대학교 경제학과를 거쳐 서울예술대학교의 전신인 드라마센터 연극아카데미에 들어가 동랑 유치진, 여석기 선생으로부터 극작 수업을 받았다. 올해 80의 나이에도 왕성한 활동을 하고 있는 한국 리얼리즘의 대표 현역 극작가다. 노경식 작가는 토속적인 색채에서부터 역사, 정치극에 이르기까지 다양한 형태의 작품을 써왔다. 앞서 언급한 1971년 작품 「달집」으로 제8회 한국연극영화 예술상(백상예술대상) 희곡상과 연기상 등을 받아 세간의 이목을 받았다. 작년 극작50주년 기념공연 「두 영웅」을 비롯해 「징비록」, 「흑하(黑河)」, 「천년의 바람」 등은 노경식을 대표하는 역사 시대극이다.

"내가 왜 역사나 정치에 관심이 많냐면 경제학과 중에서도 경제사를 전공했기 때문입니다. 조선, 한국 경제 그런 쪽. 그래서 시대극이나 역사적인 소재가 많은 부분을 차지합니다. 독립운동사라든지 임진왜란도 많이 썼고요."

「소나기」 작가 황순원의 눈에 든 남원 촌놈

처음 노경식의 가능성을 알아본 사람은 경희대 재학 시절 만난 소설 「소나기」의 작가 황순원이다. 황순원은 노경식이 수강하던 교양국어의 담당 교수였다.

"대학교에 입학해서 '하와이'란 제목의 수필을 교내 학보사에 투고했어요. 저는 당해본 적 없는데 전라도 출신 선배들이 서울에 올라와 가난 때문에 차별당한 이야기를 쓴 글이었어요. 꽤 길었는데 학보에 실렸더라고요. 그것을 보고 황순원 선생님이 잘 썼다며 칭찬해주셨습니다. 얘기를 들어보니 황 선생님도 동경 유학 시절 비슷한 차별을 당한 적이 있으셨더군요."

황순원은 학생 노경식을 볼 때마다 "너 수필 잘 쓰더라"며 글쓰기를 부추겼다. 결국 또 한 번 파란의 주인공이 됐다.

"우리 학교에는 그때 교내 문학상 제도가 있었어요. 미술, 음악, 시, 소설, 그림… 1등이 되면 등록금이 면제였습니다. 황순원 선생님 역시 제가 글을 문학상에 내보기를 계속 권하셨습니다. 저는 그냥 희곡이나 한번 써볼까 해서 써냈습니다. 근데 그게 또 1등이 된 겁니다. 희곡을 쓴 건 그때가 처음이었습니다."

상을 주는 교수들의 입장이 사실 난감했다. 이전 수상자였던 무역학과 학생이 장학금만 받고 글쓰기를 멈춘 것이다. 경제학과인 노경식 또한 장학금을 받고 글을 쓰지 않으면 주나 마나 한 상황이 되니 심사위원 교수끼리 회의를 열었다.

"희곡 심사위원이었던 김진수 선생 옆에 있던 황순원 선생님이 '왜? 경제학과야? 노경식?' 하더니 '어, 노경식이 내가 알아. 내가 보증할게'라고 해서 제가 된 겁니다."

결국 노경식은 빚을 톡톡히 갚은 거다. 대학 시절 희곡으로 장학금을 타는 바람에 지금까지도 열심히 작품 활동을 하는 극작가로 사니 말이다.

「달집」 초연 때 모셨는데 작품이 마음에 드셨나 봐요. 내 손을 꼭 잡고 '애썼다. 잘 썼다' 그러시면서 '희곡이 소설보다 좋은 거 같

아. 관객을 놓고 박수도 받고 야, 희곡 좋은 거 같다' 나한테 그런 말씀도 하시더라고. 뭘 잘해드린 적도 없는데 참 예뻐해주셨어요. 황순원 선생님이 결혼식 주례도 서주시고 말입니다. 선생님이 서주신 제자가 많이 없을 겁니다."

「반민특위」 현역 작가로서 저력을 과시하다

인터뷰 차 만났던 9월 대학로의 한 카페. 그 어느 때보다 한결 여유로운 얼굴이었다. 지난여름 제2회 '늘푸른연극제'를 통해 무대에 올린 연극 〈반민특위〉가 관객의 뜨거운 호응과 평단의 찬사 속에 막을 내린 것. 공연이 끝나고 원로 연극인들과 함께 기분 좋은 온천 여행을 다녀왔다고 덧붙였다.

'늘푸른연극제'에서 노경식 작가가 선택한 〈반민특위〉는 신의 한 수였다. 그와 함께 연극제에 초청된 배우 오현경, 이호재, 연출가 김도훈은 대표작을 내걸고 공연했다. 노경식 작가 또한 대표작인 「달집」을 공연할 것이라 대부분 사람들은 예상했다.

"〈반민특위〉는 2005년에 극단 미학에서 초연했던 작품입니다. 기대만큼 결과가 좋지 않았어요. 그런대로 성과가 나면 모르겠는데 미치지 못하니 작가는 한 번 더 해보고 싶은 생각이 있잖아요. 〈반민특위〉도 마침 생각하고 있었는데 '늘푸른연극제'에 선정됐습니다. 나를 선정한 거니까 내가 맘대로 작품을 고를 수 있다기에 〈반민특위〉를 선택했습니다. 좀 오래전에 써서 개작을 많이 했어요. 이번에는 만족합니다."

그의 대표작 「달집」을 기다린 관객에게는 아쉬운 일이다. 하지만 노경식 작가는 현역 작가로서 과감한 도전에 박수받기를 택했다. 원로 연극인으로서 지금껏 살아온 노고에 대한 격려 대신 말이다.

"만족이야. 기분 좋습니다. 이번 연출을 맡은 김성노 씨한테 고맙다는 소리를 몇 차례 했어요. 배우들의 연기도 좋았습니다."

〈반민특위〉는 일제강점기 친일파의 반민족행위를 처벌하기 위해 반민족행위 특별조사위원회(반민특위)를 제헌국회에 설치했으나 1949년 친일 경찰의 '6.6습격사건'을 기점으로 반민특위가 해체되는 과정을 보여준 정치극이다.

### 여전히 잘 팔리는 극작가

"나는 잘 팔려, 고민 안 해(웃음)."

연극 〈반민특위〉가 끝나기가 무섭게 노경식 작가는 신작을 내놓았다. 이미 세상에 내놓은 것, 꼭 쓰겠다고 작정한 것 두 가지 작품이 있다. 여전히 잘 팔린다며 너스레를 떠는 모습이 재밌다. 우선 세상에 내놓은 작품은 「봄꿈」이라는 제목의 4.19혁명을 배경으로 한 작품이다.

"4.19혁명에 관한 작품이 없어요. 왜 없는 줄 알아요? 4.19혁명이 나고 5.16 군사정변이 났잖아. 그 이야기에 손댔다가 시끄럽고 어쩌고… 몸을 사리는 거지 작가들이. 내가 4.19세대거든. 나라도 본격적으로 4.19 얘기를 써야 되겠다. 내가 겪은 이야기니까. 그래서 마침내 성공을 했어요."

4.19혁명과 관련해 작가로서의 사명감이 오래전부터 있어왔다는 노경식 작가. 몇 달을 걸려서 자료를 찾고 화보집을 보면서 작

품을 썼다.

"내가 아는 얘기, 겪었던 일이에요. 그리고 4.19는 영웅들의 이야기가 아닙니다. 민초의 이야기죠. 구두닦이, 우리 학생, 대학생, 초등학생들도 나왔어요. '총 쏘지 마세요'라면서요. 양아치들, 매춘부까지 다 나왔던 민초들이 이뤄낸 역사입니다."

이번 작품의 주인공은 매춘부라며 깜짝 놀랄 이야기가 될 것이라고 말했다.

그리고 또 하나는 작가의 고향 남원과 관련한 토속적인 얘기를 쓰고 싶단다.

"사실 봄꽃이 아니었으면 먼저 쓰려고 했는데 어쩌다 보니 자꾸 뒤로 밀리고 있어요. 늘 생각은 있어요. 우리 집안의 얘기도 관계가 있고요. '밤으로의 긴 여로' 같은 것을 쓰고 싶은데 어찌 될지."


프리한 80? 행복한 극작가!

노경식 작가와 얘기하는 동안 머리에 맴도는 의문 한 가지가 있었다. 지금까지 만나온 극작가는 대부분 연출과 겸업을 하고 자신만의 극단을 거느리고 있다.

"나는 한 번도 극단에 들어가 본 적이 없어요. 단원이 돼본 적도 없고. 그냥 늘 자유롭게 조직에 구애받지 않고 연극을 했어요."

듣고 보니 이유는 간단했다. 노경식 작가가 극작가로 데뷔한 1965년도에는 출판사 편집장을 하고 있었다. 대부분의 드라마센터 동기들이 연극판으로 몸을 옮겼을 때 노경식 작가는 매일 출근을 해야 했다. 대신 누구든 노경식 작가가 쓴 대본을 넘겨주면 공연을 하겠노라고 했다.

"국립극단에서도 내 작품을 하겠다고 하니까 극단에 소속될 생각을 해본 적이 없어요."

내 극단을 가져보겠다는 생각을 해본 적도 없다. 다들 잘해주고 공연 잘하는데 굳이 그럴 필요도 못 느꼈다. 무엇보다 스스로 간섭하는 것을 좋아하지 않는다고 했다.

"어떤 작가들은 연출 해석이 잘못되면 언성을 높이는 사람들도 있어요. 그런데 그건 내 스타일이 아니에요. 혹시라도 연습실에 가면 앉았다가 '술이나 한잔 하자!' 그러면 땡이고. 술 마시다가 살짝 얘기하면 되지. 화내고 그럴 필요 전혀 없어요. 한 사람 머리보다 두 사람이 낫지 않겠어?"

연출자도 작가도 창조자이고 작품을 좋게 만들 뜻으로 만났으니 서로의 신뢰가 아주 중요하다고 했다.


대학로 만빵 모임 좌장 납십니다!

경계 없이 만나고 사귄 덕에 주위에 사람들이 넘쳐난다. 그러다 만든 모임이 바로 만빵 모임이다. 노작가가 좌장(?)으로 있는 만빵 모임은 2년째 대학로 바닥을 주름 잡는 원로 연극인 모임으로 자리 잡았다.

"두 주에 한 번씩. 매주 목요일 오후 5시. 만원씩 가지고 빈대떡 주점에서 모이다가 '만빵 모임'이 된 거예요. 혼자 부담하려면 너무 크니까. 여유 있는 친구들이 가끔 다 내기도 하고 나오면 받고 안 나오면 안 받고 그래요. 우리도 한번 모여보자 해서 만나는데 만빵 모임의 존재를 아는 후배들이 빈대떡 주점에 돈을 맡기고 갈 때도 있더라고요. 만나서 한잔하고 그러면 좋잖아."

원래는 70세 이상만 모이다가 가끔 후배들도 종종 참여하고 있다. 만나서 막걸리는 기본. 웃고 떠들고 과거를 추억하다 요즘 젊은 이들의 연극에 대한 걱정도 한다.

"평가라기보다 우리 연극이 좀 시류를 따른다고 해야 하나, 영합 한다고 해야 하나. 가볍다고 말하기도 그렇고. 좀 묵직하고 그런 작 품들이 나왔으면 하는 바람이 있습니다. 적어도 만빵 늙은이들은 그렇게 생각해(웃음)."

사실 이런 말을 하고 싶어도 이제 젊은 후배들을 만날 기회가 없 는 것이 안타깝다고. 정말 특별한 인연이라 꼭 좀 와주십사 연락하는 사람이 있으면 연극을 보러 가는 정도다. 아무렴 어떤가! 그래도 늘 행복한 웃음을 잃지 않는 노경식 작가는 어딜 가나 인기가 높다. 지 금 이 시간 해피 바이러스 내뿜으며 젊음의 거리를 거닐고 있을 노 경식 작가에게 인터뷰 중 약속했던 한마디를 남기고자 한다.

"고향에 관한 연극 꼭 쓰기를 간곡히 부탁드립니다!"

(기사입력 2017-09-27)

# 죽을 때까지 이 걸음으로 /「自撰墓誌銘」

노경식은 극작가로서 호는 노곡(櫓谷), 당호는 하정당(下井堂), 본
관(本貫)은 황해도 해주 풍천(海州豊川). 세종조 대사헌 송재 숙동(松
齋叔仝)의 17세손이고 신고당 우명(信古堂友明)의 15세손이다. 우명
은 경암 희(敬庵禧)와 옥계 진(玉溪禛) 두 아들을 두었는데, 큰아들
희가 경식의 14대조 할아버지이다. 희의 아우 진은 명종조 문신으
로 청백리(淸白吏)에 녹선되었고 시호는 문효(文孝公).

일찍이 8대조 숙(俶) 할아버지가 경남 함양(咸陽)으로부터 전북
남원(南原) 고을에 넘어와서 세거를 이루었는데, 교룡산성(蛟龍山城)
아래 '조리고개'(造理峴) 묘사(墓祠)는 그 할아버지를 모신 곳이다.
고조할아버지 광진(光鎭, 배필 全州李氏)이 외아들 남수(南壽, 배필 仁同
張氏)를 낳았다. 남수 증조할아버지는 3형제 웅현(應鉉) 종현(宗鉉)
주현(柱鉉)을 낳았는데 큰아들 웅현이 삼가독자(三家獨子) 해근(海根)
을 두었으며, 해근은 무녀독남(無女獨男)의 2대독자 경식을 낳았다.
경식의 생년은 1938년(戊寅) 음력 7월 14일(양력 8월 9일) 辰時生.
웅현 할아버지의 배필은 창녕성씨 원식(昌寧成氏元植)으로 곡성(谷

城) 태생이며, 아버지 해근의 배필은 장수황씨 후남(長水黃氏, 아버지 京魯)으로 남원 출생이다. 아버지 해근은 갑인생(1914)으로 무자년 (1948, 34세)에 남원읍 하정리(洞) 본가에서, 어머니 후남은 무오생 (1918)으로 정묘년(1987, 69세)에 서울특별시 관악구 신림동 251- 145호(本籍)의 본가에서 각각 병사하였다. 할아버지 兩主(合葬) 및 아버지 내외 묘소(双墳)는 남원시 노암동 산 224번지이다.

노경식의 아내(室人)는 경주최씨 수로(慶州崔氏水路, 아버지 光鎭) 계 미생(1943년 음력 11월 15일(양력 12월 11일) 戌時)으로 1966년 5월 27일 서울에서 혼인식하였고 석헌(石軒) 석지(石芝) 석채(石採) 등 2 남 1녀를 두었다. 큰아들 석헌은 정미생(1967년 9월 28일, 음력 8월 25일 子時)으로 건국대학교 항공우주공학과(工學士)를 졸업하고, IT 관련 〈Fantaplan〉(대표)을 경영하고 있다. 고명딸 석지는 기유생 (1969년 6월 19일, 음력 5월 5일 丑時)으로 한림대학교 중국학과(文學 士) 졸업 및 고려대 경영대학원 MBA학위를 취득하고, 화장품업체 〈Enhance B〉 대표이사 사장. 작은아들 석채는 신해생(1971년 6월 9일, 음력 5월 17일 亥時)으로 단국대학교 연극영화과(文學士)를 졸업, 「국립극단」 정단원(12년) 등 연극배우로 활동하고 있다.

큰아들 석헌은 김선주(慶州金氏善珠 1975년 乙卯 음력 10월 13일 卯 時生)와 결혼, 친손녀 윤지(胤芝 2016년 9월 27일 丙申 8월 27일 吾時生) 를 낳았다. 작은아들 석채는 이은옥(全州李氏恩玉 1972 壬子 10월 5일) 과 결혼, 딸 윤아(胤娥 2007년 7월 31일 丁亥 6월 18일 酉時生)와 아들 윤 혁(胤赫 2009년 9월 1일 己丑 7월 13일 寅時生)을 낳았다. 고명딸 석지는 태준건(文學博士, 永順太氏竣建 1967년 丁未 8월 11일 辰時生)과 재혼, 아

들 현진(炫璡 2005년 6월 17일, 미국 L.A. 출생 RYAN ROH)과 딸 윤진(胤璡 2007년 8월 18일 丁亥 7월 6일 寅時生, 미국 L.A. 출생 CHRIS ROH)을 두었다. 또 석지는 첫 남편 박범우(朴凡雨 陸軍大領)와 사이에 장녀 박가운(朴嘉沄 1997년 4월 11일 丁丑 3월 5일 申時生)을 낳았다.

---

『문학의 집 · 서울』-'수요문학광장'에 발표한 「작가의 말」 및

연극사학자 유민영 교수의 「노경식 극작가론」을 옮겨 싣는다.

---

## 1) 「죽을 때까지 이 걸음으로」

나의 서울 생활은 올해로 꼬박 52년이다. 전라도 '남원 촌놈'이 1950년대 말, 아직은 6.25전쟁의 상흔과 혼란이 채 가시지 않은 암담한 시절에 청운의 뜻을 품고 서울까지 올라와서 대학에 들어가게 되었다. 그것도 문학예술과는 아예 먼 거리의 경제학과에 입학하였다가 어찌어찌 졸업이라고 하고는 그냥 낙향해서 2년간의 하릴없는 룸펜생활. 그러다가 시골 구석에서 어느 신문광고를 우연찮게 대하고는 또 한 차례 뛰쳐올라와 가지고 남산 언덕배기에 자리 잡은 『드라마센터 연극아카데미』(극작반, 『서울예술대학교』전신)에 무작정 발을 들여놓은 것이 노경식의 오늘날 My Way이자 촌놈 한평생의 팔자소관(?)이 된 셈이다. 어린 시절, 나의 고향집은 읍내 한가운데 '하정리 83번지'에 있었다. 곧 남원읍에서는 제일 번화한 곳으로 잡화상 가게와 여러 가지 음식점, 중국집, 그리고 하나밖에 없는 문화시설 『南原劇場』도 거기에 있었으며, 몇 걸음만 더

걸어가면 시끌벅적한 장바닥(시장통)과 「춘향전」으로 유명한 『廣寒樓』의 옛건물 역시 지척에 있었다. 일 년에 한두 차례 울긋불긋 포장막으로 둘러치고 밤바람에 펄럭이는 가설무대로 온 고을 사람들을 달뜨게 하는 곡마단(써어커스) 구경을 빼고 나면, 남원극장에서 틀어주는 활동사진(영화)과 악극단의 '딴따라공연'만이 유일한 볼거리요 신나는 오락물이다. 그리고 매년 4월 초파일에 열리는 향토의 민속놀이 「남원춘향제」 때면 천재가인(天才歌人) 임방울과 김소희 선생 등을 비롯해서 판소리 명창과, 전국에서 몰려오는 난장판의 오만가지 잡인과 행색들. 신파극단의 트럼펫 나팔소리가 〈비 내리는 고모령〉이나 '울려고 내가 왔던가 웃으려고 왔던가/ 비린내 나는 부둣가에 이슬 맺은 백일홍…' 하면서 애절하고 신나게 울려 퍼지는 날이면, 어른 코흘리개 새끼들과 부녀자, 늙은 할멈 젊은 처녀들 할 것 없이 달뜨지 않은 이가 뉘 있었으랴! 아마도 그런 것들이 철부지 노경식으로 하여금 위대한 연극예술과의 첫만남이 되었으며, 또한 내 핏줄과 영혼 속에 알게 모르게 접신(接神)의 한 경지가 마련된 것이 아니었을까 하고 자문자답해 본다.

어쨌거나 희곡문학과 연극예술에 몸 담은 지 어언 반백년을 헤아리는 세월! 나는 연전에 『노경식연극제』(舞天劇藝術學會(대구) 2003)에서 피력한 소회의 일단을 이에 재언하고자 한다. "지금까지 내가 써온 극작품을 뒤돌아보니, 무대공연에 올린 희곡이 장 단막극 모두를 합쳐서 30여 편에 이른다. 이들 가운데서 '쓸 만한 작품'이 몇이나 되고, 장래에까지 건질 수 있는 물건(?)은 얼마나 될까? 사계 여러분과 관객한테서 과분한 평가를 받은 작품이 그래도 5, 6편은 되는 것도 같은데, 그같은 평가들이 과연 먼 훗날까지도 이어갈 수 있겠으며, 우리나라의 한국문학과 연극예술 발전에 작은 보탬이라도 될 수 있는 것일까? 허나 어찌 하랴! 워낙에 생긴 그릇이 못나고 작고 얕으며 대붕(大鵬)의 뜻이 미치지 못하는 바에야, 죽을 때까지 이 걸음으로 걸어가는 수밖에…"

돌이켜보면 40여 년을 연극계에 몸담고 창작해 온 셈이다. 일찍이 1965년 서울신문사 신춘문예에 단막물 「철새」를 갖고서 사계에 얼굴을 내민 등단 처지였으니까, 올해로 딱히 2년이 모자라는 40년 세월이다. 그동안 나는 먹고살기 살기 위해 15, 6년간의 출판사 편집쟁이 생활을 겹치기하면서, 그리고 TV특집극과 라디오드라마 집필을 이따금씩 빼고나면, 오로지 극예술의 순수희곡 창작에만 매달렸던 꼴이다. 그러고 보니까 그 고단하고 힘든 집안 살림을 큰 불평 한마디 없이 다소곳이 잘 살아준 마누라가 미쁘고 감사하며, 그런대로 크게 비뚤어지지 않고 성장해 준 세 명의 자식새끼들이 장하고 대견할 뿐이다. (2010-07-21)

## 2) 한국 리얼리즘 연극의 제4세대 대표작가

우리 희곡사나 연극사를 되돌아보면, 대략 10년 주기로 주역들이 바뀌고 따라서 역사도 변해왔다는 점을 발견하게 된다. 1930년대의 유치진을 시작으로 하여 1940년대의 함세덕 오영진, 1950년대의 차범석 하유상, 그리고 1960년대의 노경식 이재현 윤조병 윤대성 등으로 이어지는 정통극, 이를테면 리얼리즘 희곡의 맥이 형성되었음을 알 수 있겠다. 그렇게 볼 때, 노경식이야말로 제4세대의 적자

(嫡子)로서 우뚝 서는 대표적 작가라고 평가하지 않을 수 없다.

노경식의 데뷔작 「철새」(1965)에서부터 초기의 단막물 「반달」(月出)과 「격랑」(激浪)에서 보면 그는 대도시의 뿌리 뽑힌 서민들이나 6.25전쟁의 짓밟힌 연약한 인간군상을 묘사함으로써, 그의 첫 번째 주제는 중심사회에서 밀려나 초라하게 살아가는 민초에 대한 연민과, 따뜻한 그의 인간애가 작품 속에 듬뿍 넘쳐난다. 두 번째는 역사에 대한 성찰이라고 할 수 있겠는데, 권력층의 무능과 부패로 인한 민초들의 고초와 역경을 묘사한 작품군(群)이다. 그의 작품들 중 대종을 이루고 있는 사극의 시대배경은 삼국시대부터 고려시대 조선시대, 그리고 근현대까지 광범위하다. 삼국시대에는 주로 설화를 배경으로 서정적 작품을 썼고, 조선시대부터 정치권력의 무능에 포커스를 맞추더니 근대 이후로는 민초들의 저항을 작품기조로 삼기 시작했다. 그런 기조는 현대의 동족상잔과 군사독재 비판으로까지 확대되었다. 세 번째로는 고승들의 인생과 심원한 불교의 힘에 따른 국난극복의 과정을 리얼하게 묘파한 「두 영웅」과 같은 작품들이다. 네 번째로는 그의 장기(長技)라 할 애향심과 토속주의라고 말할 수가 있을 것이다. 「달집」 「소작지」 「정읍사」 등으로 대표되는 그의 로컬리즘은 짙은 향토애와 함께 남도의 서정이 묻어나는 구수한 방언이 질펀하게 드러난다.

그러나 무엇보다도 그가 돋보이는 부분은 리얼리즘이라는 일관된 문학사조를 견지하고 있다는 분명한 사실이다. 대부분의 많은 작가들은 시대가 바뀌고 감각이 변하면 그에 편승해서 작품기조를 칠면조처럼 바꾸는 것이 상례이다. 그러나 노경식은 우직할 정도로 자신이 신봉해 온 리얼리즘을 금과옥조처럼 고수하고 있는 것이다. 물론 그 역시 뮤지컬 드라마 「징게맹개 너른들」에서 외도한 것처럼 보였지만 그 작품도 자세히 살펴보면 묘사방식은 지극히 사실적임을 알 수가 있다. 그가 우리나라 희곡계의 제4세대의 대표주자로서 군림하고 있는 이유도 바로 그런 고집스런 작가정신에 따른 것이라고 말할 수 있겠다. (2016 노경식 등단50주년 기념 대공연 「두 영웅」에 부쳐)

(한국문인협회 간행/ 2022-06-25/ 문협 편집국)

# 『노경식희곡집』 총목록 (전8권)

■ 제1권 『달집』
1. 「철새」(단막) — 1965
2. 「激浪」(단막) — 1966
3. 「달집」(3막4장) — 1971
4. 「징비록」(2부9장) — 1975(공연)
5. 「黑河」(10장) — 1978

■ 제2권 『정읍사』
1. 「小作地」(3막5장) — 1979
2. 「塔」(2막8장) — 1979
3. 「父子」(단막) — 1979
4. 「하늘 보고 활쏘기」(1인극) — 1980
5. 「북」(3막11장) — 1981
6. 「井邑詞」(12장) — 1982

■ 제3권 『하늘만큼 먼나라』
1. 「오돌또기」(10장) — 1983
2. 「불타는 여울」(8장) — 1984
3. 「삼시랑」(총체연극) — 1985
4. 「하늘만큼 먼나라」(3막16장) — 1985
5. 「江건너 너부실로」(2막5장) — 1986
6. 「萬人義塚」(9장) — 1986
7. 「他人의 하늘」(11장) — 1987

■ 제4권 『징게맹개 너른들』
1. 「침묵의 바다」(3막10장, 원제 : '강강술래') — 1987
2. 「燔祭의 시간」(12장) — 1989
3. 「한가위 밝은 달아」(8장) — 1990

4.「가시철망이 있는 풍경」(2막7장, 공연명 : '춤추는 꿀벌') — 1992
5.「징게맹개 너른들」(뮤지컬) — 1994.

■ 제5권『서울 가는 길』
　1.「거울 속의 당신」(8장) — 1992
　2.「서울 가는 길」(2막) — 1995
　3.「千年의 바람」(12장) — 1999
　4.「치마(원제 : '長江日記')」— 2001
　5.「찬란한 슬픔」(12장) — 2002

■ 제6권『두 영웅』
　1.「반달」(번안단막극) — 1965
　2.「알」(2막7장) — 1985
　3.「북녘으로 부는 바람」(7장) — 1990
　4.「반민특위」(9장) — 2005
　5.「두 영웅」(16장) — 2007
　6.「하늘도 울고 땅도 울고」(10장) — 2011(新作)

■ 제7권『연극놀이』
　1.「물방울」(어린이그림동화) — 1981
　2.「연극놀이」(청소년단막극) — 1984
　3.「요술피리」(3막12장 어린이뮤지컬) — 1987
　4.「인동장터의 함성」(이벤트연극) — 1995
　5.「상록수」(11장) — 1996
　6.「미추홀의 배뱅이」(2막9장) — 2002
　7.「포은 정몽주」(11장) — 2008

■ 제8권『봄 꿈 · 세 친구』
　1.「두 영웅」— 2016
　2.「반민특위」— 2017
　3.「봄꿈」(春夢) — 2017
　4.「세 친구」— 2019(총45편)

■ 노경식산문집
　『압록강 '이뿌콰'를 아십니까』(도서출판 동행 2013)

한국 희곡 명작선 131

# 반민특위(反民特委)

초판 1쇄 인쇄일   2023년 11월 20일
초판 1쇄 발행일   2023년 11월 29일

지 은 이    노경식
만 든 이    이정옥
만 든 곳    평민사
            서울시 은평구 수색로 340 〈202호〉
            전화 : 02) 375-8571 / 팩스 : 02) 375-8573
            http://blog.naver.com/pyung1976
            이메일   pyung1976@naver.com
등록번호    25100-2015-000102호
ISBN       978-89-7115-094-8   04800
            978-89-7115-663-6   (set)
정    가    10,000원

이 책은 사단법인 한국극작가협회가 한국문화예술위원회의 2023년 제6회 극작엑스포
지원금을 받아 출간하였습니다.

# 한국 희곡 명작선